綻放與凋謝
雨弦生死詩研究

Blooming and Withering：
A Thesis on Yu Hsien's Life-and-Death Poems

蔡淑真——著

【推薦序】死生觀自在

高雄師範大學國文系教授兼系主任　林文欽

> 蒼茫中我瞥見
>
> 一輪落日
>
> 在生死之間
>
> 沉思
>
> ——雨弦〈一池殘荷〉

　　死亡的終點是條單行道，而生命的開展卻擁有無限可能的方向，在接近生死的時刻，該用什麼心態去面對？該用什麼價值去衡量？又該用什麼角度去思索？或許，在淑真的《雨弦生死詩研究》中，經由生的體認和死的體悟等主題內涵探究，我們可以找到一條自在生死的出路，引領我們找到一扇生命的窗口，透過詩人之眼，看盡生死交關處的人生百態，觀詩，觀自在，回歸本我的一片清

明。雨弦詩意象玲瓏剔透，飽滿且富有想像餘韻，作品以短詩為主，卻富涵人生哲思，值得細細品味體悟，雨弦語短意深的文字，正靜待我們伸手打開一扇參透生死的智慧之窗。

生與死，換個方式想像，只不過是在夢的窗口如蝴蝶般進出的輪迴罷了，雨弦要告訴讀者的是：人生有什麼好計較的？參透名利生死最是王道，人間種種，如夢幻泡影，應作如是觀。

在不可知的未來裡，生死能超越，亦能自在……。

回想起淑真當時在擇選論文題目時的惶恐不安，在多次商討之後，提及了雨弦詩作的可研究性，看見她豁然開朗的茅塞頓開，我想，那就是她論文之路的起點，也是進階的開始。人生的過程就是如此奧妙，有如生死，在生命的起承轉合中，總會有許多意外的驚喜和不可預見的可能性發生。這本書的誕生，相信會在淑真的生命歷程中，開出一朵最飽滿的生命之花。論文的寫作過程是辛苦的，有如生死大夢一場，充滿著痛苦歡喜的交錯，做為她的論文指導老師，看到她孕育出來的生命成果，著實感到欣慰而與有榮焉，在此也不免俗地預祝她繼續在人生路上，從容自得而滿腹喜悅。

自　序

　　這本書是我二〇一〇年六月完成的碩士論文《雨弦生死詩研究》的修改版。

　　生死學在近年來成為熱門的話題。曾獲得高雄市文藝獎、全國優秀青年詩人獎、詩運獎、國際桂冠詩人協會獎以及曾經擔任高雄市殯儀館館長、老人院院長，現任國立台灣文學館副館長的雨弦，是國內極少數出身公務機關的詩人，也是第一位站在第一線的工作者以生死學觀點寫詩的人；詩人將他的工作與生活融合在詩作中，寫出一首首真摯而貼近人心的生死詩；讀完他的生死詩，讓人對死亡這每個人必經的歷程有更坦然的豁達，藉由他諧趣戲諷的筆調，使鬼魂與墳墓也變得可親。他的作品是許多人生命經驗的縮影，充分反映台灣社會面對生死的價值觀與情緒交集，也使他的詩作不只停留在文學鑑賞，更進而達到悲傷輔導的功效，在現代詩中獨樹一格。

　　本論文以雨弦的生死詩為研究對象，全文分為五章，分別從雨弦的生平與創作歷程，生死觀的形成，其詩的主題內涵和藝術手法

等面向進行探究與分析。第一章緒論，說明筆者研究雨弦生死詩的動機、方法，及生死詩定義。第二章生平，敘述雨弦的生世背景、求學過程、職場經歷與創作歷程。第三章生死觀的形成，了解雨弦生死詩背後的哲學基礎，包括儒家觀、道家觀及佛家觀。第四章進行主題內涵分析，包括生的體認與死的體悟。第五章在探討雨弦生死詩作的藝術手法。第六章結論，雨弦生死詩的價值在於他拓展現代詩的領域，同時也豐富生命教育的教材。因為他的詩根植於殯儀館與老人院的現實生活，在當中直接的內省與外觀，窺看人性面對生死的表現，直接描寫人性的真相；因為寫的是社會共相，讀來更具共鳴與親和力，其生死詩中所表現出的真實，切近大眾的生命內容，讓一般人可以虛懷地接受那裡面的生命表現，教人重估眼前的生涯。

本論文得以完成，首先感謝父母的栽培，並感謝指導教授林文欽主任的指導及賜序，在論文研究過程中，給予我很大的空間，並做適時的提醒，以及李進益教授與林登順教授在口考中的不吝指教。

此外，特別感謝雨弦老師，不論是在當面訪談、電話訪問以及e-mail的通信中，不斷給予意見、協助與鼓勵，並贈予書籍及相關書刊，平易親切的長者風範，是筆者在這次研究過程中最深刻的感受。

　　同時也謝謝男友信修以及研究所同學們的陪伴，論文撰寫過程中，感謝上帝將這些人放進我的生命中，讓我打下這美好的一仗，並出版我的第一本書，願每一位讀者在自己的一趟生命之旅都能自在與超越。

目　次

第一章

緒論

第一章　緒論

第一節　研究動機與目的

　　人有生就有死，然而生從何來？死往何去？生命的價值到底為何？生死一直是人類千百年來不斷研究的課題。因科學的發達、社會的變遷，生死學在近年來成為熱門的話題；而在經濟的不景氣，失業率增加，社會大眾面對的生活與生命難題漸增，又加上人口老化，癌症及慢性病高居十大死因，以及氣候異常，天災頻傳，衝擊國人的生命價值觀，引人深思在生命的無常中，究竟生命的意義與出路為何？近十餘年來，台灣經歷九二一震災，瞬間的天搖地動奪走睡夢中千條人命；SARS來襲，每個人處在死亡的威脅，人心驚慌恐懼；八八水災重創南台灣，土石流一夕之間淹沒無數家園，多少災民流離失所，痛失親人，前一刻相聚過節，後一秒天人永隔。生與死往往就在一瞬間，讓我們無法掌握也措手不及。

　　人生自古誰無死？生命的開始就是一步步接近死亡。路易斯·
波伊曼在《生與死——現在道德的困境》中指出：

　　　　我們遲早都會死亡，大家走不同的路，終點卻都一樣。條條
　　　　大路不是通羅馬，是通死亡。平常我們會羨慕和讚美那些比
　　　　別人早抵達終點的人，唯一的例外，是死亡。[1]

　　死，在現實生活中是一般人相當忌諱的話題，總認為只要一談
到死，就會與悲傷、不幸扯上關係。長生不老是自古以來多少人所
夢寐以求，只要對生命的延長有助益，莫不趨之若鶩，只是不論秦
始皇、漢武帝，能征服大江南北最終卻也無法征服死亡。

　　筆者選擇以雨弦的生死詩為論文研究方向。讀完雨弦的生死
詩，讓人對死亡這每個人必經的歷程有更為坦然的豁達，藉由他諧
趣戲諷的筆調，使鬼魂與墳墓也變得可親。遭遇不同，人生的感悟
就不同，詩人充分藉由他在殯儀館與老人院的特殊工作經歷，寫出
一首首讀來備感真實而貼近人心的生死詩。丁旭輝指出：

---

[1]　路易斯·波伊曼著，江麗美譯，《生與死——現在道德的困境》，台北：
　　桂冠圖書，1995年，頁35。

體悟生死最直接而深刻的地方有四個：戰場、殯葬場、醫院與老人院，而雨弦四者之中有其二，研究台灣現代詩中對生命與死亡的思考，雨弦便不能不成為一個重要的對象。[2]

　　台灣現代詩人中，不乏詩作觸及生死者，然而雨弦是第一位站在第一線的工作者以生死學觀點寫詩的人，寫出他在殯儀館、老人院的所見所聞，不僅將詩人的情懷融入工作中，也將工作中的感受表現在詩裡，因此他的作品多為反映人生、關懷大眾的現代寫實詩。余光中也評論雨弦：

　　浪漫詩人愛寫童年和青年，歌詠生命上游的風景，認為老年不美，不值得多寫，其實老年和死亡是生命下游的景觀，不見得美，但真正的詩人該另具慧眼，參透死生，而寫出另一種美來，更深刻，更啟人深思之美。絕少人會歡天喜地到殯儀館上任，但我勉勵雨弦，要好好把握這難得的「良機」，從新經驗發掘主題。我的期待沒有落空，他充分把握了這主題，寫出了短而雋永的佳作，令人低迴：誠所謂「置之死地而後生」。[3]

---

[2]　丁旭輝，《淺出深入話新詩》，台北：爾雅，2006年，頁127-128。

[3]　余光中，〈陰陽交界的窗口〉，《生命的窗口》，高雄：春暉，2009年，頁29。

　　黃耀寬認為雨弦的關注生命是現代詩界的突破：

　　甚至超越了國內各大詩人不曾觸及的鬼魂與悼哀……
　　這在當今寫作題材的廣度與深度，都是一大突破與挑戰，在
　　寫詩的歷程和成就上，已經是現代詩學史的創新與超越。[4]

　　曾獲得高雄市文藝獎、全國優秀青年詩人獎、全國詩運獎、國
際桂冠詩人協會獎的雨弦，目前擔任國立台灣文學館副館長。從事
公職生涯近四十年，其中十年擔任高雄市殯儀館館長、老人院院
長，是極少數出身公務機關的詩人，也是罕見以生死學觀點寫詩的
人。他的作品是許多人生命經驗的縮影，充分反映台灣社會面對死
亡的價值觀與情緒交集，也使他的詩作不只停留在文學鑑賞，更進
而達到悲傷輔導的功效，在現代詩中獨樹一格。期待藉由本論文的
研究，引起更多對「生死詩」的討論與重視。

---

[4]　黃耀寬，〈超越〉，《生命的窗口》，高雄：春暉，2009年，頁25。

第二節　研究範圍與方法

　　廿一世紀時代特色為人類心靈科學將取代二十世紀物質科學主宰人類發展之局面，人類對生命與死亡之觀點產生重大提升，致使「生死學」於二十世紀末成為眾所矚目之學科。傅偉勳教授認為現代生死學可分廣狹二義，其中狹義的現代生死學為：「專就單獨實存所面臨的個別生死問題予以考察探索，提供學理性的導引，幫助每一個體培養比較健全的生死智慧，建立積極正面的人生態度，以便保持生命的尊嚴，而到生命成長的最後階段，也能自然安然的接受死亡，維持死亡的尊嚴。」[5]，因此生死學強調的是如何建立積極的人生態度與保持死亡的尊嚴，人類的精神生活既需要對生死的哲理沉思，也需要對生死的難言感受與複雜心態以詩歌表達，筆者認為人生旅程中積累了許多生死體驗，逐漸形成自己的生死智慧，進而以文學形式─現代詩表現，產生啟示價值，即所謂生死詩[6]，生死詩的範疇，包含生、老、病、死。生包括生育、養育、環保生態等，老包括老年、安養等，病包括醫療、保健、防治、護理，死則包含臨終、殯葬、祭祀等，生死詩主要表現如何看待生命和如何面對死亡，以及死的意義和

---

[5]　傅偉勳，《死亡的尊嚴與生命的尊嚴》，台北：正中，1993年，頁227。

[6]　有關雨弦本人對「生死詩」的定義請參見本論文附錄二訪談紀要。

價值問題。雨弦的詩作略分為抒情詩及以生死學觀點寫下的生死詩，本研究針對後者做探析，討論範圍限定於詩人結集出版的詩集及在各報章雜誌發表的現代詩，詩集包括《夫妻樹》、《母親的手》、《影子》、《籠中無鳥》、《出境》、《蘋果之傷》、《雨弦詩選》、《機上的一夜》、《用這樣的距離讀你》、《因為一首詩》、《生命的窗口》。在研究方法上，包括相關文本資料的蒐集，以及第一手的作家訪談與徵詢，透過閱讀、分析以及諸文人們所給予的論評，體現雨弦在詩壇上的地位與貢獻。

　　本論文研究架構如下：

　　第一章緒論，包括第一節研究動機，第二節研究範圍與方法，第三節文獻探討，說明雨弦生死詩與台灣其他觸及生死的現代詩有何不同。

　　第二章詩人的生平與創作歷程，此章分成雨弦的身世背景、求學過程、職場經歷、創作歷程等四節。

　　第三章生死觀的形成，分三節探討儒、釋、道三者如何影響作者的生死觀。

　　第四章研究生死詩的主題內涵，本章為文本分析，探討雨弦生死詩作品內容，了解作者的內在精神與人文關懷，第一節生的體認，包含生命哲理、生態保育、老齡關懷，第二節死的體悟，包含喪親之痛、殯葬哲思、祭亡晌想、幽幻鬼墳。

　　第五章藝術探究，討論詩人在形式上的藝術手法，針對結構經營、修辭表現、文字布局、意象塑造，說明詩人創作風格與特色。

　　第六章結論，本論文之總結。

　　整體而言，第三章是思想的、知的呈現，第四章是探究雨弦生死詩情的表達，第五章是顯示相應的藝術技法。本論文旨在做雨弦生死詩知、情、藝的分析探究。

第三節　文獻探討

　　自古至今，在詩中涉及生死的詩例，有以嘆逝為核心，感嘆人生無常的詩作，也有以人對歷史客觀情境的有限性與無能為力作抒發者，台灣現代詩壇關於對生死的觀照詩例，或是來自於詩人對於生命感受的體悟，或者緣於親友的往生，前者如蘇紹連〈歌與哭〉：「生時不須歌；我的小小腳掌是／野雁的影子掠過我生存的土地／它沒有留下任何腳印／／死時不須哭；我的斑白的額髮是／芒草花最茂密時土地最貧瘠／它把整個眼裡的淚都染白」[7]、余光中〈狗尾草〉：「總之最後誰也辯不過墳墓／死亡，是唯一的永久住址／譬如弔客散後，殯儀館的後門／朝南，又怎樣？／朝

---

[7]　蘇紹連，《大霧》，台中：市政府文化局，2007年，頁86。

北，又怎樣？／那柩車總是顯出要遠行的樣子／總之誰也拗不過這椿事情」[8]、曾貴海〈生命的微笑〉：「一尊者，面對著活生生的／死／微笑」[9]、李魁賢〈告別詞〉：「我活著／是為送別一個一個離去的朋友／到年紀老了我才知道這個祕密。」[10]、簡政珍〈浮生〉：「在視野的極限外／我們看到死亡燦爛的光芒／帶著西方融雪的訊息／降臨大地」[11]以及洛夫〈天葬〉[12]、葉維廉〈向肉身辭別〉[13]等，後者如汪啟疆〈天命〉：「父親死亡的證明單。而我努力以父親在誕生的／喜悅中所給予的名字，簽署命名者之薨。」[14]周夢蝶〈迴音──焚寄沈慧〉：「最難堪！是空著手來仍不得不／空著手離去」[15]再如達瑞〈後來的──年後再翻閱祖母的遺物〉：「死別是陰影中淺淺細細／的某些離去」[16]、余光中〈母難日三

---

[8]　陳幸蕙，《悅讀余光中・詩卷》，台北：爾雅，2002年，頁330。

[9]　曾貴海，《鯨魚的祭典》，高雄：春暉，2003年，頁4。

[10]　李魁賢，《李魁賢詩集（六冊之一）》，台北：縣政府文化局，2001年，頁289-290。

[11]　簡政珍，《失樂園》，台北：九歌，2003年，頁77-79。

[12]　洛夫，《洛夫禪詩》，台北：天使學園公司，2003年，頁196-200。

[13]　葉維廉，《留不住的航渡》，台北：東大，1987年，頁159-163。

[14]　汪啟疆，《九十一年詩選》，台北：台灣詩學季刊，2003年，頁224-233。

[15]　周夢蝶，《十三朵白菊花》，台北：洪範，2002年，頁60-72。

[16]　達瑞，〈後來的──年後再翻閱祖母的遺物〉，《聯合報・副刊》，2005年11月12日。

題〉[17]等，雨弦的生死詩，不同於一般詩人對死亡的想像式描寫，由於他在殯儀館與老人院的工作經歷，除忠實的記錄人生、社會百態，寫作生死詩的範圍不侷限於表達失去親朋的情緒，他的題材納入更實務的殯葬與老齡，以生死學的觀點寫詩使得他的詩在觸及生命與死亡時，更有高度與廣度，文思清明，態度超越傳統的恐懼與悲嘆，棄晦澀而趨明朗，自然而質樸，寫小我也寫大我，寫藝術也寫現實。黃耀寬說他：

> 雨弦具有民胞的襟懷，更有獨特的生命歷練，才能造就雨弦「察人所不能察，寫人所不能寫。」……以「悲天憫人」為寫作的出發點，積極超越了面對死亡的「悲劇」人生觀。[18]

目前國內尚無博碩士論文研究雨弦生死詩，有四十篇相關評論文章，列舉摘要如下：

1. 艾之江〈析賞雨弦〈老榕樹〉這首詩〉[19]：把老榕樹比喻為一個老人，顯示生活面淋漓盡致。

---

[17] 余光中，《高樓對海》，台北：九歌，2008年，頁57-62。

[18] 黃耀寬，〈超越〉，《生命的窗口》，高雄：春暉，2009年，頁25。

[19] 艾之江，〈析賞雨弦「老榕樹」這首詩〉，《台灣新聞報‧兒童之頁副刊》，1982年4月18日。

2.向明〈讀三首寫盆景的詩〉[20]：向明以詩為例，說明雨弦現代詩表現了對現實屈就，對人生認命的看法，並以證明時下一般人批評現代詩缺乏時代感、現實性的謬誤。

3.桓夫、李魁賢、陳明台、鄭炯明〈新人作品評析：盆景的話〉[21]：桓夫等認為〈盆景的話〉這首詩，比喻的類似性令人想像到現實謀一種人悲哀的境遇，十分切實。

4.李冰〈長青的《夫妻樹》〉[22]：認為雨弦的詩已敲開了大自然的門扉，靈敏的視覺與觸覺已豐富了他的生命與詩作。

5.向明〈再出發的燎原〉[23]：認為雨弦非常擅長於對單獨事物作精心創造，他把握到事物的精髓和其內在有關的淵源之後，便趁勢作準確有力的發揮，詩作短小精幹。

6.劉菲〈讀詩聯想〉[24]：評雨弦詩作〈城中樹〉，認為此詩利用大廈比出樹的矮，整首詩具有立體感、動感和擴張意象。

---

[20] 向明，〈讀三首寫盆景的詩〉，《青年戰士報‧詩隊伍》，1982年8月16日。

[21] 桓夫、李魁賢、陳明台、鄭炯明，〈新人作品評析：盆景的話〉，《笠詩刊》第113期，1983年2月，頁48-49。

[22] 李冰〈長青的《夫妻樹》〉，《夫妻樹》，高雄：山林書局，1983年，頁1-8。

[23] 向明，〈再出發的燎原〉，《青年戰士報‧詩隊伍》，1983年8月2日。

[24] 劉菲，〈讀詩聯想〉，《葡萄園詩刊》第85期，1983年12月，頁16。

7. 劉菲〈讀詩筆記〉[25]：評雨弦詩集《夫妻樹》，詩語樸素，沒有讀不懂的語言，沒有繁繁複複悟不清的意象。

8. 落蒂〈試評《夫妻樹》〉[26]：舉詩例，說明雨弦的詩具有語言清新、俏皮幽默、情節設計巧思等特色，並擅長藉物抒感，暗示真實人生。

9. 朵思〈致詩人雨弦〉[27]：以書信為評，認為《夫妻樹》的內容出色。

10. 林清泉〈喜讀《夫妻樹》〉[28]：認為雨弦的詩，對人類與萬物流露悲憫的心懷與關注，讀來親切有黏性，對世態的觀察極為敏銳深入。

11. 趙天儀〈雨弦的一條小河〉[29]：賞析〈一條小河〉這首詩，寫其以擬人法及三種顏色來象徵小河的變化及仰望。

12. 蓉子〈疚〉[30]：評雨弦懷母之詩〈疚〉，分析此詩的愧歉之情與孺慕的情愫。

---

[25] 劉菲，〈讀詩筆記〉，《葡萄園詩刊》第86期，1984年3月，頁5。

[26] 落蒂，〈試評《夫妻樹》〉，《中華文藝》第155期，1984年1月，頁107-111。

[27] 朵思，〈致詩人三帖〉，《商工日報・春秋小集副刊》，1984年7月17日。

[28] 林清泉，〈喜讀夫妻樹〉，《民眾日報・副刊》，1985年3月28日。

[29] 趙天儀，〈雨弦的「一條小河」〉，《台灣時報・兒童樂園》，1985年7月7日。

[30] 蓉子，〈疚〉，《國語日報・新詩欣賞》，1984年3月9日。

13.涂靜怡〈石頭也有千種的愛〉[31]：認為雨弦的詩精鍊簡潔，意象的取用、語言的處理都非常準確乾淨。寫悼念母親的詩，一字一淚，讓人感動。

14.鍾鼎文〈詩即是愛〉[32]：讀《母親的手》詩集，將雨弦的詩中表達愛的方式分為四層次，包括自我表達單純的愛、人倫的情、自然的緣，以及物我兩忘的悟，詩作不假雕琢，自然成器。

15.李冰〈祝福你，詩人〉[33]：讀《母親的手》詩集，認為雨弦以樸實的詞彙表現高層次的意境，予讀者舒暢的親切感。

16.王蜀桂〈守著死人守著詩〉[34]：寫雨弦在殯葬所中對環境改善的執著，以及對亡者家屬的體貼，認為這些生活體驗成了不可多得的詩的泉源。

17.陳步鰲〈詩的淺談〉[35]：以〈擺渡者〉、〈影子〉等詩為例，說明雨弦的詩富禪意與禪趣，世事的變幻，人生的動靜，皆在詩中勾勒出來。

---

[31]　涂靜怡，〈石頭也有千種的愛〉，《秋水詩刊》，1988年。

[32]　鍾鼎文，〈詩即是愛〉，《母親的手》，高雄：葫蘆，1989年，頁7-9。

[33]　李冰，〈祝福你，詩人〉，《母親的手》，高雄：葫蘆，1989年，頁10-17。

[34]　王蜀桂，〈守著死人守著詩〉，《生命的窗口》，高雄：春暉，2009年，頁108-111。

[35]　陳步鰲，〈詩的淺談〉，《益壯之聲》第41期，1994年，頁10-12。

18.朱學恕〈令你充電──能抓住生命中某些心跳的美〉[36]：讀
　　《影子》詩集，認為雨弦的詩心思細膩，筆觸詼諧幽默，柔
　　情美學令人無可抗拒；描述人生的悲歡離合，表現樂觀豁達
　　的人性面。

19.蕭颯〈遄性與拙趣〉[37]：認為雨弦詩作最可愛的地方，在於
　　它有如村姑般的質樸和老農般的堅貞。他不特意於變化和雕
　　飾文字，但在他的作品中，卻能嗅出濃烈真摯人性的芬芳。

20.楊濤〈珠聯璧合‧交互生輝〉[38]：認為雨弦的詩如其人，誠
　　懇、真摯、樸實無華，不標新立異，不譁眾取寵，娓娓扣撫
　　心弦的顫動，觸發讀者深刻的共鳴。

21.羅門〈讀雨弦詩作感評〉[39]：讀《母親的手》詩集，評雨弦
　　是一位具有創作才情的詩人。讀他的詩，給人的印象是誠
　　摯、貼切、實在、接近生活現場性；題材多樣化，語言順

---

[36] 朱學恕〈令你充電──能抓住生命中某些心跳的美〉，《大海洋詩雜誌》第
45期，1994年，頁3-4。

[37] 蕭颯，〈遄性與拙趣〉，《大海洋詩雜誌》第46期，1995年，頁60-61。

[38] 楊濤，〈珠聯璧合‧交互生輝〉，《大海洋詩雜誌》第46期，1995年，頁
62-63。

[39] 羅門，〈讀雨弦詩作感評〉，《大海洋詩雜誌》第48期，1995年10月，頁
72-74。

暢、明淨、收放自如，有可讀性，也有可感與引人入勝的詩
趣與意境。

22.張默〈讀雨弦詩作感評〉[40]：讀《母親的手》詩集，肯定雨
弦的創作才華，勉勵他繼續開拓自己的方向，必能達到語
言、意象、情景、經驗、視覺……的交融境界。

23.綠蒂〈文如其人〉[41]：認為為人誠懇，處事嚴謹的雨弦，文
如其人，作品取材對社會的關懷，對人生的頓悟，在樸實無
華中洋溢著親切的感動。

24.李冰〈生活的、經驗的作品——讀雨弦新著《籠中無鳥》及
《舊愛新歡》〉[42]：認為雨弦的詩是生活與經驗的創造。

25.李冰〈落實生活的詩人——談雨弦詩品的特質〉[43]：評雨弦
出身台灣鄉村，塑造其不虛偽造作的人格，以其豐富的體驗
與濃郁的情感，寫出雅俗共賞、知情意兼具的好詩。

---

[40]　張默，〈讀雨弦詩作感評〉，《大海洋詩雜誌》第48期，1995年10月，頁
　　74-75。

[41]　綠蒂，〈文如其人〉，《籠中無鳥》，台北：文史哲，1996年，頁1-3。

[42]　李冰，〈生活的、經驗的——讀雨弦新著《籠中無鳥》及《舊愛新歡》〉，
　　《高縣青年》，1996年9月。

[43]　李冰，〈落實生活的詩人〉，《雨弦詩選‧序文》，台北：文史哲，1999年。

26.謝輝煌〈盆景邊的遐思〉[44]：以〈盆景〉、〈燭〉、〈擺渡者〉等詩為例，評論雨弦的詩具有生命的哲理、悲天憫人的情懷、與豁達的人生態度。

27.李玉蘭〈聽！「躲」在詩裡的雨弦〉[45]：評析雨弦以多彩的語言、豐碩的活力記載善感的情思、職場人際互動與參透生死的人生哲思。

28.李冰〈參悟生命內涵的詩人〉[46]：訪問雨弦先生，介紹雨弦寫詩的風格理念以及以「殯葬所悟生死」、「與老人們打成一片」、「創作與出版品」三個子題，寫雨弦的職場與文藝經驗。

29.謝輝煌〈別踩痛那坨坨護花的春泥〉[47]：以雨弦在工作與生活中爆發創作的靈感，肯定其詩藝的別出心裁與詩題的別具一格，並評析十二首詩作為例證。

---

[44] 謝輝煌，〈盆景邊的遐思〉，《大海洋詩雜誌》第65期，2002年5月，頁124-126。

[45] 李玉蘭，〈聽！「躲」在詩裡的雨弦〉，《用這樣的距離讀你‧序文》，台北：文史哲，2003年。

[46] 李冰，〈參悟生命內涵的詩人──訪問雨弦先生〉，《文訊雜誌》第215期，2003年9月，頁79-82。

[47] 謝輝煌，〈別踩痛那坨坨護花的春泥〉，《大海洋詩雜誌》第70期，2004年12月，頁122-124。

30.丁旭輝〈在死亡的窗口寫詩〉[48]：評雨弦詩中的生死學，以
　　十二首詩為例，論述雨弦詩中的生死哲理。

31.簡錦松〈深知身在情長在〉[49]：認為《生命的窗口》以生死
　　為主題，雨弦寫詩動機不全然是因為受到職務的牽引，而是
　　因為對死亡天然的恐懼而寫下別人想望不及的主題，以和殯
　　儀館中哀深悲絕的子民交會。

32.林水福〈從一池殘荷到六月很冷〉[50]：將《生命的窗口》三
　　十首詩以主題分為懷母、殯儀館形色（或可包含老人），及
　　其他，評論賞析其中不同詩風的作品。

33.林文欽〈窗口觀詩觀自在〉[51]：認為《生命的窗口》整本詩
　　集是一扇參透死亡的智慧之窗，意象豐富而富有餘韻，一首
　　首寫生死的小詩透出老莊的超越與美感及佛家的悲憫與禪
　　趣，進而觀自我存在。

---

[48]　丁旭輝，《淺出深入話新詩》，台北：爾雅，2006年，頁127-137。

[49]　簡錦松，〈深知身在情長在〉，《生命的窗口》，高雄：春暉，2009年，
　　頁21-24。

[50]　林水福，〈從一池殘荷到六月很冷〉，《生命的窗口》，高雄：春暉，
　　2009年，頁6-16。

[51]　林文欽，〈窗口觀詩觀自在〉，《生命的窗口》，高雄：春暉，2009年，
　　頁17-24。

34.黃耀寬〈超越〉[52]：評論雨弦的生死詩在當今是一大突破，提升現代詩題材深度與廣度，超越了其他詩人不曾觸及的悼哀與鬼魂。

35.余光中〈陰陽交界的窗口〉[53]：認為雨弦充分把握在殯儀館的經驗而發掘新主題，寫出短而雋永的佳作，令人低迴。

36.林明理〈振鷺于飛——讀雨弦詩集《生命的窗口》〉[54]：以（老人院）等四首詩談雨弦詩的智慧與美學。

37.喬林〈雨弦的〈老人院〉〉[55]：析賞〈老人院〉這首詩，組構簡約潔淨，不多言語，卻能生發讀者在心緒上感染到生命的震撼力。

38.李瑞騰〈雨弦積極面對生命〉[56]：評雨弦詩的初貌，明朗潔淨，一如其人。

39.林文欽〈雨弦詩中的生活美學〉[57]：評論雨弦的詩是處世的智慧、生活的美學。

---

[52] 黃耀寬，〈超越〉，《生命的窗口》，高雄：春暉，2009年，頁25-28。

[53] 余光中，〈陰陽交界的窗口〉，《生命的窗口》，高雄：春暉，2009年，頁29。

[54] 林明理，〈振鷺于飛——讀雨弦詩集《生命的窗口》〉，《文訊雜誌》第311期，2011年9月，頁128-129。

[55] 喬林，〈雨弦的「老人院」〉，《人間福報·副刊》，2012年7月9日。

[56] 李瑞騰，〈雨弦積極面對生命〉，《中華日報·副刊》，2013年5月2日。

[57] 林文欽，〈雨弦詩中的生活美學〉，《中華日報·副刊》，2013年6月30日。

40.古遠清，〈在殯儀館寫詩的人——談雨弦的「死亡詩學」〉：

　　雨弦以殯儀館為創作背景，探討人活著的意義。[58]

　　本論文希望在上述評論的基礎上，對雨弦的「生死詩」作全面性深入的探究。

---

[58] 古遠清，〈在殯儀館寫詩的人——談雨弦的「死亡詩學」〉，《中華日報・副刊》，2014年7月12日。

第二章

雨弦的生平
與創作歷程

第二章　雨弦的生平與創作歷程

　　孟子曰：「誦其詩，讀其書，不知其人，可乎？」成長背景、家庭環境、職場經歷往往影響一個人的寫作主題與風格，本章介紹雨弦的生平與創作歷程，記錄他如何從一位鄉野村童，一步一腳印成為政府公僕，又能為社會寫出一首首動人的生死詩，安慰無數悲泣的讀者心靈，成為台灣生死詩界的先驅。

第一節　生平背景

　　雨弦，本名張忠進，一九四九年生於嘉義縣鹿草鄉重寮村安溪城隍廟邊的土墉厝，是家中長子，下有五個弟弟，其中兩個弟弟是父親後來納妾所生，彼此感情融洽。父親名為張天賜，曾參加第二次世界大戰，當時日本以「大東亞共榮圈」的理想為名，行軍國主義欺凌弱族之實，欲遂其獨霸東亞的野心，身為殖民地的台灣，島上許多年輕人遂被日軍派到南洋一帶，當「東亞共榮圈的皇民戰

士」，詩人的父親也不例外，看他在父親過世後所寫的〈阿爸，我想和你聊聊〉：

> 阿爸，我想和你聊聊／當年你去南洋當軍伕的事／什麼椰子樹姑娘軍艦／如何越過戰場的狂風巨浪／留下一條小命凱旋歸來／娶了母親生下我們[1]

就可以了解當時身為殖民地的台灣人民的苦澀。苦難的環境下，父親熬過風雨，終於等到勝利，凱旋歸來，在另一首詩〈一件血衣〉也提及：

> 在古老的衣櫥裡／有一件綠色的血衣／都三十七年了／比我還要大幾歲呢／／老軍伕說／這舊衣上的血跡／是在南洋濺染的／不會褪色／／我想／就永遠典藏吧／讓子孫永遠記得／這件血衣[2]

歷史的血淚不能忘，父親留給詩人的，是永遠不朽的愛國精神，一件血衣，是最無價，無可取代的傳承。

1　雨弦，《因為一首詩》，高雄：宏文館圖書，2008年，頁152。
2　雨弦，《夫妻樹》，高雄：山林書局，1983年，頁98。

　　詩人的「阿爸」從南洋回故鄉不久，成家立業，在家鄉城隍廟邊買下店面，開設雜貨店並取名「光復商店」，以紀念台灣的光復。而父親年輕時曾當過城隍爺乩童，城隍廟是祖先從福建安溪城隍廟分靈而來，是當地村民的信仰中心，乩童則是台灣傳統民間信仰中一個重要角色，因此父親在當地幾乎無人不曉。雨弦認為父親是個菩薩心腸、熱情善交際的人，沒有在學校讀過書卻識得很多字，而且口才極佳。台灣於民國三十九年開始實施地方自治，而因為家裏經營雜貨店事業有成又熱心公益，父親遂參加重寮村村長選舉，當上村長，如〈年輕村長〉一詩所寫：

> 四十多年前他很年輕／他是我們的村長／村子裡的人都愛他／／他沒讀過什麼書／而在我的心目中／他是萬能博士／／他是個好村長／村民大小事都找他／婚喪喜慶找他／農事找他／美援領麵粉找他／夫妻半夜吵架也要把他吵醒／／他經常發動義務勞動／修馬路清水溝／整個村子像一個大家庭／每月一次村民大會／在我們的教室裡／他在台上主持會議／我在台下看著他／有點不像我阿爸／他是我們的村長[3]

---

[3]　雨弦，《因為一首詩》，高雄：宏文館圖書，2008年，頁121。

在詩中，父親幾乎村內大小事全都包辦，熱心盡責的性格展露無遺，從「他是萬能博士」、「他是個好村長」、「他在台上主持會議／我在台下看著他／有點不像我阿爸／他是我們的村長」更可以看出父親不但是村子裡的大家長，也是詩人深深引以為傲的對象。豪氣干雲、外剛內柔的父親，從詩人小時候就帶著他去應酬，並訓練他喝酒；也訓練他獨立壯膽，讓他在中學放學後獨自一人走二公里夜路經過公墓回家，到家後才發現父親原來一直跟在後頭，這件事讓他感受到父親深切的愛與期望。另一次則是在詩人高中畢業後，因家中破產，於是至嘉義大埔國校擔任代課教員，報到時父親陪詩人走了七小時山路，回程又獨自走了七小時山路，此事一直讓詩人感念在心。詩人父親晚年罹患肺癌，化療期間兒子們輪流看顧，離世前勉勵雨弦：人快樂來到世上，也要快樂地離開。雨弦在父親身上學到的除了服務社會的精神，還有正面樂觀的生活態度。

他的母親——林井，則是一位有愛心、多愁善感、慈悲溫和的傳統婦道人家。據詩人回憶，母親從未發過脾氣，丈夫好客，她盛情款待，納妾後她依然無怨無悔，和二房也相處融洽，身為長子的雨弦則為母親抱不平，替母親叫憐，唸小學時有一次曾與二房爭論以保護母親。不過，懂事的雨弦也承認，他不但不懷恨「阿姨」（指二房），甚至有點喜歡她，雨弦也了解納妾是當時的社會文

化，也不曾以此埋怨父親。因為母親是家管，兩人相處的時間較長，因此與母親感情特別深厚，個性也多遺傳自母親，他說母親就如他的前世情人。一九八六年母親因跌倒引起腦溢血而不醒人事，隨後於長庚醫院辭世，在母親過世後，雨弦寫了多首懷母之作來紀念母親，也表達自己的愛與慟。

　　祖父母生有五女一男，雨弦的父親是唯一男生，因此雨弦是長子也是長孫，自然備受祖父母的疼愛。祖父在日治時期唸過公學校，個性瀟灑不拘小節，與世無爭，有著不食人間煙火的樂觀性格，年輕時曾到外地工作，中年回到故鄉廟埕擺餅攤，怡然自得：

　　　　中山裝瘦削的身影／木屐踩響故鄉的晨昏／在廟埕的餅攤／
　　　　我們最愛聽您說故事／最愛搔您腳底的癢／有時您給了餅乾
　　　　糖果／有時給了一毛銅板／捨不得花錢的我／又向您買了餅
　　　　乾糖果／／您早年愛遊學／長大後
　　　　我也負笈他鄉／總念著您的餅乾糖果／念著您腳底的癢／／
　　　　那天阿弟跑來找我／回到您住的茅房／您的腳腫了，肺積水
　　　　／白內障的眼不再看我／阿嬤說，您解脫了／看著您離開那
　　　　竹床／躺入木造的大厝／住進故鄉的墓園／／三十六年了

　　呢，阿公／好想，擺個餅攤／在故鄉的廟埕／等著您來，咀嚼／我甜蜜的童年[4]

　　緊貼現實而具體的描摹，成就歷史的重現，氛圍是美麗的溫情，寫的是祖孫也是台灣人民過去的生活見證，而祖父的過世也是雨弦在懵懂無知時，第一次接觸到死亡帶來的悲傷。祖母慈悲節儉，長年拜佛吃素，詩人小時候與祖母同睡，感情深厚，最愉快的回憶就是暑假一起去關仔嶺碧雲寺，如〈憨孫也〉一詩所描述：

　　小學暑假的時候／阿嬤最愛上關子嶺／不去泡溫泉／去碧雲寺裊裊的香火裡／／吃齋唸佛／睡通舖禪房／慈悲而清靜／那樣的感覺真好／／還有那大仙寺／那水火同源／那好大好大的森林／關仔嶺成了我最初的戀人／／「憨孫也／石頭其路，得愛行手好」／「知啦」／／阿嬤，什麼時候我們再去關仔嶺[5]

　　末尾台語的入詩，使祖母的愛更加鮮明！祖父母的疼愛與陪伴，伴隨著雨弦走過童年，在他的童年中有著不可抹滅的地位。

---

[4]　雨弦，〈阿公的餅攤〉，《因為一首詩》，高雄：宏文館圖書，2008年，頁154。

[5]　雨弦，《因為一首詩》，高雄：宏文館圖書，2008年，頁119。

　　詩人小時候時常觀看廟會、歌仔戲、玩玻璃珠以及捉迷藏，爬龍眼樹、番石榴樹，差點掉進大水溝等，盡情融入在大自然中，有著豐富的田野成長經驗，童年生活無憂無慮，只有偶爾需要幫忙顧店，是典型台灣農村社會土生土長的詩人，他說：「多元的社會／容許養百樣人／唯一堅持的是／吃番薯籤的童年」[6]。過去的年代，番薯籤代表貧窮，番薯籤配飯，往往白米稀稀疏疏，番薯籤密密麻麻，它代表一個時代的記憶，也代表著詩人無欲無求、淳樸無華的童年，再多的物質享受與日新月異的科技都無法取代童年的美好時光。也因此即使後來到了都會高雄，他仍對家鄉有一份深刻的眷念，看他寫〈懷嘉義〉：

　　　　北回歸線／很近，很遠／／嘉南平原／很小，很大／中山公園／很老，很年輕／／三十年／很長，很短／相思病／很重，很輕／／北回歸線／很近，很遠[7]

　　北回歸線是嘉義的地標之一，雖然高雄、嘉義距離很近，但因久違便感覺很遠；嘉南平原很小、很近卻感覺很大、很遠，中山公園是久遠的記憶，如今歷歷如昨。離開故鄉三十年卻感覺很

---

[6]　雨弦，〈生活七帖──米〉，《蘋果之傷》，台北：文史哲，1998年，頁99。
[7]　雨弦，《用這樣的距離讀你》，台北：文史哲，2003年，頁105。

短，不可承受之重的相思病希望能減輕，然而就真的能減輕嗎？
故鄉雖然很近但因久違感覺很遠。這便是雨弦對於故鄉深情的思
念和記憶。

第二節 求學過程

柑仔店，往往是鄉村中的據點之一，雨弦的家境在純樸的鄉村
中也的確算得上是小康，但是在他小學後家中經濟狀況卻陷入困
難，原因有二。原因之一是父親投入村長的選舉，連續兩次選舉經
費的支出以及頻繁的交際應酬，逐漸消耗家中的積蓄，另一原因則
是一九六〇年後鄉村人口大量外移到都市，造成消費人口減少，生
意自然大受影響；而他的父親在詩人六歲時納妾，家庭開銷增加，
六個孩子陸續出世、就學，家中經濟壓力也變大，因此只有身為長
子的他唸到高中，五個弟弟不是初中就是小學畢業。詩人就讀重寮
國民學校時成績優異，書法與作文的才能已經開始展現，是比賽常
勝軍。

國校畢業後，雨弦考上省立嘉義中學初中夜間部，但因家裡經
濟狀況差，詩人從國校時身體即因營養不良而貧血，幾乎無法繼續
讀書。當時父親為他在嘉義市租房子，與祖母同住，祖母全心全意
照顧他，幫他燒飯、洗衣，一直到高中畢業，雨弦曾說，初中與高

中的兩張畢業證書是祖母賜給他的。而祖母的節儉、慈悲深深影響
了他。據詩人回憶，祖母往往一個吳郭魚頭可以配兩餐飯，或只以
鹽拌麻油配早餐，甚至二十元的買米、買菜錢祖孫可以撐兩、三
週；雖然祖母疼孫，雨弦的三餐不乏蔬菜、吳郭魚、豬皮，但貼心
乖巧的雨弦總勸祖母多吃點，一方面自己也省著吃；這對於身體正
在發育的雨弦來說，營養成分的攝取自然不足，上課鮮少不打瞌
睡。為此雨弦有深刻的回憶，當時父親帶他去看名醫、也是政界聞
人許世賢的先生張進通，張醫師建議每天給詩人吃豬肝補血，因為
詩人貧血經常頭暈，但由於家裡窮，每天五塊錢的豬肝一兩只維持
了三天，後來聽說虱目魚也補血，雖然價格也貴，卻比豬肝便宜許
多，因此每天兩塊錢一條的虱目魚又勉強吃了三天，「貧血事件」
就此不了了之，貧血也未獲得改善。

　　好不容易捱到初中畢業，高中考上縣立嘉義中學，此時開始寫
詩與詩結緣。愛詩成癡的他，在大學聯考的作文科目中，竟以新詩
作答，結果滿分三十分的作文卻拿到零分。高中畢業後，因家境困
難而就業，當兵回來後考上公務員。求知慾強的雨弦開始半工半
讀，先於一九八一年畢業於政大附設空中行政專科學校，其後在一
九九七年修畢四十二學分於中山大學中山學術研究所結業，二〇〇
一年苦讀取得義守大學管理學碩士，但喜歡文學的他，又於二〇〇
四年考入中山大學中文系碩士班就讀，惜因公職繁忙半途放棄。二

○一○年到國立臺灣文學館服務，堅持一顆上進的心，於二○一二年考進高雄師範大學國文學系博士班就讀。

第三節　職場經歷

由於對文學的偏好，雨弦退伍後曾在報社擔任記者的工作，對他而言，是興趣與工作的結合。後來因為考取一般行政特考，不得不割捨記者工作擔任公職。雨弦二十五歲時開始公務員的生涯，先後任職於嘉義竹崎鄉公所、省立旗美高中、高雄市政府地政處、監理處、職訓中心、勞工局、殯葬管理所、仁愛之家、廣播電台、文獻委員會、社會局及國立臺灣文學館等單位，時間長達四十年。其中殯葬管理所、仁愛之家、廣播電台、文獻委員會四個單位擔任機關首長，尤其是在殯葬管理所與仁愛之家任內，讓他就近觀察老年和死亡，而寫下許多深刻感人的生死詩。他說：

> 在殯儀館，我每天穿梭在送別的人群裡，從冷凍房到化妝間，從停棺室到奠禮堂，從火化場到納骨塔。主角不同，告別式場面有大小，結局一樣：那一個小小、冷冷、圓圓的骨灰罐，就是人生的答案。[8]

---

[8]　雨弦，〈我在，生命的窗口〉，《生命的窗口》，高雄：春暉，2009年，頁27。

在殯葬所期間，幾乎朝夕與死亡之事為伍，詩人感受到生命的無常與珍貴，激發自己泉湧的文思，寫下一首首生死詩。此外，為了柔軟、淨化殯儀館冷肅的環境，他苦心經營，大力實施綠美化，移走原有的公墓，建設公園，使殯葬所成為賞心悅目的庭院，處處洋溢著詩意，並興建美觀的大門牌樓，期待藉由外觀的變化取得每一位弔祭者內心的自然安寧，打破殯葬所陰森恐怖、淒涼悲愴的刻板印象。而在他任內，所裡一千六百坪的「服務大樓」順利完工，內闢家屬休息室、福利社、閱覽室、會議室、辦公處等設施，提供市民最完善的服務。寫詩的他，對於來往殯葬所的悲苦大眾，也特別細心體貼，例如他使用的名片底色為粉紅色，就是要讓認識他的人趨吉避凶。在這人生終站工作，使他體悟到死亡並不可怕，死亡是人生的歸宿。他認為如果情緒低落，可以到殯儀館走走，沉澱心靈，平和鬱悶，他認為死人也不可怕，比起心存陰詐、城府極深的活人好太多了！在這生離死別的環境中，也使他更懂得珍惜生命，知足常樂，參悟生死。在人生的終點站寫詩，他靈思泉湧，一個看盡人間滄桑的傷心地，卻成為他詩作題材的新大陸。

　　一九九二年，四十三歲的雨弦調任高雄市仁愛之家主任，這裡收容六百多位孤苦無依的老人。許多人擔心他無法適應這種失去活力的環境，但是他說在老人院，讓他看到老人的孤寂與無奈，才知「愛」有多重要。他認為老人家要的不多，祈求的只是卑微的關懷

罷了。由於他全心全力投注在老人的起居和精神生活的關懷，積極
投入建設，為了節省經費，他請求國軍官兵幫忙將老人院舍重新油
漆一番，因此改善了老人院環境；並組織二十餘個社團供老人們依
自己的興趣參與活動，其中特別增加了文藝寫作活動，身為文人的
他，鼓勵老人們重新握筆寫作，除了定期出版《益壯之聲》季刊
外，並把作品整理出版了兩本書，《益壯文選》及《老夫老妻》。
在此服務期間，也因為他的撮合促成黃昏之戀佳偶，讓院內十八對
老人喜獲生命第二春成為「老夫老妻」，並在院內舉行婚禮，由他
擔任證婚人，也以詩歌予以祝福：

　　沒有風光的場面／沒有盛大的酒席／這晚春的婚禮／依舊讓
　　人動容／／男女都已過七十／七十才剛開始呢／不管路有多
　　長／幸福就有多長／／而他們都已走過／漫長的旅程／深知
　　晚春的家園／需要好好灌溉培養／／何須激情浪漫／更能細
　　水長流／黃昏的小舟載滿／盈盈的祝福[9]

　　從改善老人居住環境，到發掘老人們心理的感情需求，雨弦對
待老人如自己的父母親，使得他在仁愛之家服務期間獲得高雄市模

---

[9]　雨弦，《出境》，高雄：高雄縣立文化中心，1997年，頁144。

範公務員獎，可知他「老吾老以及人之老」的心的能量備受肯定。
在一次的母親節前夕，他在民眾日報發表了一首〈203朵紅色的康
乃馨──給老人院的媽媽們〉：

> 我們沒有血緣／卻同樣落了籍，生了根／在這晚翠的家園／
> 五月就要開花／／我要一朵一朵剪下／別在妳們胸前／好讓
> 天上的媽知道／我並沒有失去她／哇！203朵紅色的康乃馨
> ／203個媽媽[10]

　　將對母親的愛轉換成大愛，無私的愛躍然紙上。同時他有感於
社會的冷寂，為了替下一代做點事，他也寫作兒童詩，展現「幼吾
幼以及人之幼」的慈悲與赤子心，是一位真正關懷社會弱勢，走入
社會的詩人，獲得國際桂冠詩人協會和平貢獻獎實至名歸。一九九
三年父親辭世，是詩人到仁愛之家的第二年，也是母親辭世的第七
年，父母親相繼過世，讓雨弦更將親情化為大愛，把六百多位長者
視為至親，關懷照顧。
　　一九九八年調任高雄廣播電台台長，轉換新軌道。在電台的那
幾年，他除了繼續創作、到研究所進修，也規劃製播「海與風的對

---

[10]　雨弦，《籠中無鳥》，台北：文史哲，1996年，頁23。

話」節目，訪談作家九十一位，分享創作與生活經驗，並結集出版
《海與風的對話——作家訪談錄》二書。另外，他也舉辦「公車詩」
活動，邀請近百位詩人書寫高雄，佈置在全市四百多部公車上，讓乘
車的民眾可以欣賞優美的詩篇，也出版了《公車詩集》。在電台服務
期間，他還擔任「大海洋詩社」副社長，及被選為「高雄市中國文藝
協會」第一、二屆理事長，與電台工作相結合，出版過三部會員作品
選集《瀛海煙聲》、《海嶽晴嵐》及《山水邀你入坐》，且經常舉辦
書畫聯展及文學座談，也常和其他文藝社團舉辦新書發表會與聯誼活
動等。他詩人的性靈，使得電台更加有藝文氣息。而由於全體同仁的
共同努力，電台頻頻得獎，屢創佳績，二〇〇三年入圍八項，獲得三
項廣播金鐘獎，得獎率是當年全國單一電台之冠。

　　二〇〇五年以「文史一家」的工作理念接下高雄市文獻委員會
主任委員一職，致力推廣在地歷史文化，並以巡迴演講的方式，將
文化列車開進校園及社區，啟發學生、民眾對在地文化的認同。二
〇〇七年主辦「二二八事件六十週年學術研討會」，同年出版《高
雄市文學史——古典篇》，均具重大文史意義。

　　與其他官員相比，雨弦多了一分詩情，多了一分善感仁愛的
心。不管在什麼工作崗位上，在蕭冷的官場，他總能在林林總總的
生活中挖掘出有情感、有哲理的一面，總是努力讓他的工作單位更
美、更柔、更有愛；經營工作就像在寫一首詩，用他豐富浪漫的情

懷化解呆板生硬的朝九晚五工作生活，物我相容的哲學、崇尚自然的性情，使他樂意接受任何變遷的考驗。他一手批公文，一手寫詩作畫，進而結晶出一首首好詩，並利用他書畫的專長，以抽象油畫來表達詩境，用書法寫新詩，以情意入墨寫自己的感動，將藝術與自己的創作合而為一。不應酬的雨弦，長年來養成深夜或清晨寫詩的習慣，晚間十點至十二點，清晨四、五點至七點，是他在工作之餘，留給自己最安寧純靜的黃金時刻，讓詩畫意境湧現心頭，寫出貼近人性之愛的生活詩，素描畫作更表現出禪的靜力。

如今創作逾四十年的雨弦，在國立臺灣文學館為台灣文學服務，是工作與興趣的結合，也象徵開啟另一扇美好的生命之窗，他會持續愛詩、寫詩、畫詩，不斷創作就是他對未來生活的期許。

第四節　創作歷程

天生多愁善感的雨弦，在小學課本裡讀到〈漁家〉這首詩時，就為之著迷，不但把課文背得滾瓜爛熟，還偷偷喜歡上這位女老師，後來雨弦寫了〈因為一首詩〉：

「天這麼黑，風這麼大／爸爸捕魚去／為什麼還不回家／……」／／因為一首詩／她的手摸摸我的頭／說我是未來

　　的李白／／因為一首詩／也許愛詩及師／也許愛師及詩／／

　　因為一首詩／在我幼小的心靈／有了愛的滋長／／因為一首

　　詩／是我最初的迷戀[11]

　　雨弦小學六年級時，學校來了一位非常年輕的國語老師——黃亭三。剛從台南師範畢業，教法新穎，教學認真，雨弦的作文因此獲得很大的進步，經常被老師讚許，因而把它貼到教室後面的「學生園地」讓同學欣賞；有時還指定他到教室前面朗讀給全班同學聽，雨弦因此得到莫大的鼓勵。

　　在縣立嘉義中學就讀高中時，導師文舜耕教官推薦擔任救國團《嘉義青年》駐校通訊員高一生代表，定期為「學府風光」寫稿，從此愛上這份定期刊物。深愛新詩的雨弦，高二時開始向校刊《縣中青年》、《嘉義青年》及《徵信新聞報》、《民聲日報》投稿。他的第一首新詩〈遙寄〉發表於校刊《縣中青年》：

　　生命潺潺地來了／歲月悠悠地走了／／我躑躅於小溪旁／拾

　　起一片楓葉／題上殷紅的相思／／而當秋風吹起／且託他把

　　譜下的戀曲／帶給遠方的妳[12]

11　雨弦，《因為一首詩》，高雄：宏文館圖書，2008年，頁9。

12　雨弦，《夫妻樹》，台北：釀出版，2013年，頁48。

　　此後所寫的詩經常刊登在其中，在那段為賦新辭強說愁的年少歲月，心思細膩的雨弦創作數量極為豐富。高二時，接觸生平中第一位詩人──歷史老師林子候先生。林老師贈送《笠》詩刊給雨弦，並鼓勵他投稿《縣中青年》，雨弦的詩時常被審稿的林老師採用，因而獲得極大的鼓勵，加上不斷觀摩老師的詩作，憑著一股熱情建議學校《縣中青年》由學生主辦編輯；但建議未果，於是召集有志同學，利用投稿的稿費共同辦起《微曦文藝》雜誌。雨弦回憶說自己是寫詩的，高三嚴明滄寫小說，高一蔡春美寫散文，高二高樹萍美工，四個人自掏腰包辦起詩刊，積極對校內、外同學邀稿，兩個月出版一期，《微曦文藝》儼然有和學校老師主辦的「縣中青年」對抗的態勢。他們時常利用午休聚在教室共同討論雜誌相關事務，包括審稿、出刊等，甚至還到各教室去行銷並接受訂閱；一路從刻鋼板、油印到看見投稿同學的作品印成一本書的喜悅，已經忘卻夜奔「羅印務館」而感冒的辛苦，成為與新詩結緣的文藝青年。而為了維持這份刊物的開銷，他也拚命寫詩對外投稿賺稿費。隔年加入由嘉義縣救國團輔導成立的「中國詩社」，而因稿費必須「奉獻」詩社做為基金，加上高三的升學壓力，維持一年的《微曦文藝》雜誌因而停刊，但雨弦詩路卻因此豁然大開；隨後並以璐璐、青陽等筆名繼續發表詩作，與社友每月聚會，互相切磋鼓勵。之後因創辦《微曦文藝》雜誌的經驗受到《旭陵》詩刊社長兼主編蘭蘭

（李伯男）的青睞，因此被聘為《旭陵》詩刊顧問。高中時期的雨弦，也結交了一些年齡相仿的文友，像沈登恩、蔡尚志、陳登旺、陳芝萍、吳文玉等，著實成了一位文藝青年，大大提升自己的成就感，與新詩結下深刻的緣分。

　　一九六七年雨弦自高中畢業，此時詩作已超過一百首，已發表的有數十首，可惜剪貼簿在後來寄給一位筆友時不慎遺失，令他非常難過。高中畢業後因家中經濟困窘無法繼續升學，脫離學生生涯，到嘉義大埔國校代課貼補家用。由於環境的變化，在寫下〈山夜〉一詩後停下詩筆，但他回憶連帶後來山居生活的那幾年，卻大為豐富了他詩的生命。

　　一九六〇年代後，台灣鄉村人口大量外移都市，父親經營雜貨店日益困難，一九七〇年結束營業舉家遷居高雄市，高雄市成了詩人的第二故鄉，然而詩人已早一步在這年年初入營服役，真正接觸到大都市是一九八〇年的事了。服役期間，一來嚴格的訓練，生活苦悶，二來夜晚和假日，休閒的時間也多，詩人又拾起詩筆寫詩，並且參加「中國文藝函授學校軍中文藝函授班」，受到指導老師王祿松誇獎鼓勵。也不忘寫下服役思鄉的心情，〈夜聞火車汽笛聲〉：

在綠色的囚牢裏／每夜熄燈就寢後／我總是乘著火車的汽笛／回家／／在故鄉的土竈，升起／一根根柴火，燒出了

／一道道熱騰騰／濃稠稠的／親情／／怎麼／我的枕頭又
養起了魚[13]

　　一九六二年初，詩人在火車上認識了女友、後來成為牽手的林
秀燕，在三月二十三日給她的第一封信上寫著：「我曾夢想過成為
一個詩人。我從高二開始寫詩，……」可知在文青時期的雨弦就已
立志要做為一位詩人了。

　　一九七三年詩人自軍中退伍，以情詩攻勢擄獲交往一年的女友
芳心，於五月和女友林秀燕結婚，育有二子。結婚初時沒有固定工
作，但受到妻子的體諒與幫助，於是一面準備參加公職考試，一面
寫詩，收錄在《夫妻樹》中的〈溪〉、〈水中月〉、〈秋〉及〈風
景問題〉四首詩，就是當時的作品，曾分別發表於《詩隊伍》、
《中外文學》、《華副》及《創世紀詩刊》。隔年考上公務員，兩
個小孩陸續出生，為了工作、家庭，一九七三年底在寫下〈秋〉一
詩後停筆，直到一九八一年重新出發。

　　雨弦在一九八○年底來到高雄市，在高雄市工作與生活，是雨
弦第一次真正接觸到大都市，讓他感到都市與鄉村或山上人、事、物
都有著很大的差距。漸漸地，他開始深入探討人性，隔年重拾詩筆，
利用寫詩來抒發情緒及認識、批判都市文明，並開始以「雨弦」為筆

---

[13] 雨弦，《夫妻樹》，台北：釀出版，2013年，頁51。

名發表作品，陸續加入「腳印詩社」、「風箏童詩社」、「晨風詩
社」、「大海洋詩社」、「掌門詩社」及各文藝社團，並擔任社長、
理事長等職。「雨弦」筆名的由來乃是因為有天晚上他寫好一首詩，
正為筆名問題費思量，當時屋外正好下著雨，他站在二樓窗前聽雨，
意外發現昏黃的燈光透過玻璃照射窗外，雨絲看起來就像琴弦一般，
因此喜出望外自稱「雨弦」。此時，他也參加高雄縣救國團的文藝
班，受到指導老師小說家、詩人李冰的指導與鼓勵，詩藝大為進步。
李冰老師多次在詩集中獻序，對於詩人而言，影響極大。雨弦一九八
三年出版第一本詩集《夫妻樹》，在後記中說：

> 十九年前，我年十六，偶然接觸到新詩，深為喜愛，也就開
> 始塗塗寫寫，而且甚勤，產量也多，到十九歲時，作品竟逾
> 百首。當然，這些詩作之中，大多只是情感的發洩，嚴格地
> 說，實在談不上詩。而在後來，又迫於現實問題停筆，至
> 此，我詩的生命遂遭受到嚴重的摧殘。回到詩壇，是前年春
> 的事，由於年歲漸長，人生體認漸深，加以詩的同好，不斷
> 給我鞭策、鼓勵，於是被抑制的詩興重又燃起，而且有燎原
> 之勢。[14]

---

[14]　雨弦，《夫妻樹》，高雄：山林書局，1983年，頁128。

　　此書豐富的內涵與深刻的愛深獲評審青睞，為他奪得高雄市文藝獎新詩類首獎、全國優秀青年詩人獎，應邀赴美參加第八屆世界詩人大會，獲頒國際桂冠詩人協會和平貢獻獎等榮銜。劉菲說：「近讀雨弦詩集《夫妻樹》，他給我的感受是詩語樸素，沒有讀不懂的語言，沒有繁繁複複悟不清的意象。……在現代詩人中，詩語最樸素的是向明，現在又多了個雨弦，可喜。」[15]向明則在〈再出發的燎原〉一文中提到：「雨弦是一個非常擅長於對單獨事物作精心創造的詩人，他把握到一件事物的精髓和其內在有關的淵源之後，便趁勢作準確有力的發揮。」

　　李冰和鍾鼎文也分別在《母親的手》序文中點出雨弦的詩風：

> 雨弦的詩是在平凡中創造出不平凡，是從不平凡中塑造出大眾化的親和力，這也形成了他獨特的質貌與風格。[16]在今日詩壇上，講求『包裝』是一時的風尚，雨弦保持一份純正的天真，不為風尚所左右，是難能可貴的。[17]

---

[15] 劉菲，〈讀詩筆記〉，《葡萄園詩刊》第86期，1984年3月，頁5。
[16] 李冰，〈祝福你，詩人〉，《母親的手》，高雄：葫蘆，1989年。
[17] 鍾鼎文，〈詩即是愛〉，《母親的手》，高雄：葫蘆，1989年。

　　對於寫詩的觀念，雨弦認為，詩應具有生命力，應根植於生活。一個詩人平常仍是一個「人」，只有在創作時，他才是一個「詩人」，創作若與大眾生活脫節，就無法產生共鳴。他認為詩即是愛的有形表現，只要愛縈繞心頭，就能揮灑出好詩來。根植於現實是雨弦詩作的最大特色，因為生命是文學的根源，有生命力的作品，就是好的作品。〈詩與詩人之一〉道出他對現代詩的熱愛：

　　　　如果天空無鳥／如果海洋無魚／如果大地無樹／我不知／那
　　　　是怎樣的一個世界／／如果鳥無天空／如果魚無海洋／如果
　　　　樹無大地／我不知／那是怎樣的一個世界[18]

　　此詩點出他與詩的相互依存，如果自己沒有了詩，生命就如同死亡，他對詩的情感可見一斑。另外，〈有鬼讀詩〉也寫出他一路走來對詩的堅持：

　　　　我在公墓寫詩／無人／有蟲鳴鳥叫／飄忽耳際／／寫罷，我
　　　　朗誦起來／贏得一片掌聲／／突然，有鬼站出／對我說／無
　　　　人讀詩／有鬼來讀／怕啥？[19]

---

[18]　雨弦，《雨弦詩選》，台北：文史哲，1999年，頁53。
[19]　雨弦，《生命的窗口》，高雄：春暉，2009年，頁72。

　　公墓除了清明節外，常常是杳無人跡，他「在公墓寫詩」是何等辛酸？然而蟲鳴鳥叫點出他內心的自在無礙，「贏得一片掌聲」顯然也不是來自人間，畢竟在金錢、利益、聲色掛帥的時代，能夠靜心欣賞詩作的人口已日益減少，詩人的寂寞可想而知。但是最後兩句情緒一轉消極無奈為積極自信，「有鬼來讀／怕啥？」詩可以沉澱心靈、昇華情感，可以建立自信與成就感，他堅信只要寫出好作品，一定能產生共鳴。溫柔敦厚的詩人，在此透露出他對於寫詩的堅強意志力與執著。

第三章

生死觀的形成

第三章　生死觀的形成

　　生死觀是關於人的生命及其死亡問題的基本觀點和看法。儒、道、佛是中國傳統文化思想的三大支柱，三者的生死觀思想不斷引導著人們對生死的態度，詩人的生死詩，除了受到儒家教育的影響外，也受到道家老莊、以及佛家思想的影響，詩人曾說：「人面對死亡的態度是可以調整的，因為有生就有死，不妨修習佛理，追隨老莊，達到生死齊觀的境界。」[1]本章著重在生死詩背後的儒、道、佛思想探究，並援以詩例。

第一節　儒家觀

　　出身台灣農村的雨弦，泥土塑造出他樸實不偽的人格特質，「他知道一粒種籽是怎樣入土萌芽，又怎樣開花結果，他不狂妄自

---

[1] 雨弦，〈活得要有意義〉，《民眾日報・高市版》，1991年8月30。

大，不虛偽造作」[2]，不論在工作職位或待人處事，他忠恕的儒者
氣度令人印象深刻，黃耀寬評論說：

> 在詩人雨弦的窗口，卻是關注生命的現象與存在，關心人
> 世的慈愛與悲懷，雨弦的人格特質乃是『拿孟子的眼睛看
> 世界，拿孔子的精神做人。』以『悲天憫人』為寫作的出發
> 點，積極超越了面對死亡的『悲劇』人生觀。[3]

　　不管是〈流浪者之歌〉，或是〈獨居老人〉、〈拾荒老人〉都
可以看到詩人積極入世的精神，再如他所歌頌的〈孤松〉就是自比
自己的盡忠職守，不同流合污：「一株孤松／一把抓住絕崖／唱歌
給空谷聽／／山水和著／撫松而盤桓的淵明和著／我和著／／一株
孤松／一把抓住整個宇宙／唱歌給自己聽」[4]，眾人皆醉我獨醒，
不輕易妥協，正是仁義的表現。儒家思想把仁的狀態視為最高境
界，強調思仁、踐仁，所以《論語・里仁》說：「志士仁人，無求
生以害仁，有殺身以成仁。」孔子認為仁是人生的目的，人除了自

然生命，還有價值生命，活著，就是為了價值理想，例如〈有鬼讀詩〉：「我在公墓寫詩／無人／有蟲鳴鳥叫／飄忽耳際／寫罷，我朗誦起來／贏得一片掌聲／／突然，有鬼站出／對我說／無人讀詩／有鬼來讀／怕啥？」[5]詩中若有真理，哪怕找不到知音？哪怕詩會亡失？即便無人欣賞，也能贏得眾鬼的掌聲，用詩筆寫出社會現象就是詩人的價值理想，再看他的〈燭〉：「焚血／煮淚／把黑暗燒出／一個傷口／遁逃／／埋首於此，也／焚血，也煮淚，直至／那黑暗歸來，把我／吞噬」[6]，「此詩以『死而後已』來『明志』」[7]，對人生充滿燃燒自己，照亮別人的服務精神，剛健有為，對社會人群有情有愛，在人群的需要上看見自己的責任，不斷付出，使命必達，不懈的努力來追求生命的價值，具有很強的現實意義。

　　從青春蓬勃到蒼老消頹，是每個生命在人間必經的歷程，有生必有死，有始必有終，乃自然之道，因為對這種生、死不可抗拒的自然現象的認識，因此儒家更重視人生的問題，對於死淡然處之，因此儒家思想相較於佛家與道家，對死亡的闡述較少，至於子路請

---

[5]　雨弦，《生命的窗口》，高雄：春暉，2009年，頁72。

[6]　雨弦，《夫妻樹》，台北：釀出版，2013年，頁93。

[7]　謝輝煌，〈盆景邊的遐思〉，《大海洋詩雜誌》第65期，2002年5月，頁125。

教死亡問題，孔子說：「未知生，焉知死？」孔子並非一味排斥談論死後世界，而是認為若知生，即知死，甚至認為：「朝聞道，夕死可矣！」倘若在早晨了解人生的正途，那麼晚上也可以死得心安理得，因此儒家特別重視生存的意義，認為人不必過度關注在死亡，反而應該把握當下。朱子語類三十九：「人受天賦許多道理，自然完具無闕，須盡得這道理無欠闕，到那死時，乃是生理已盡，安於死而無愧。」因此雨弦在〈終站〉說：「付完一生的帳／走向不可知的未來」，所謂付完一生的帳意即盡完一生的責任，每個人在一生中扮演了許多角色，每個角色有他該盡的責任因而顯揚出個人的價值所在，儒者的人生態度是，人因為生活中努力艱辛勞累，正反襯出死亡靜息的價值，活著時努力開拓生活的意義，更顯出死亡的可貴，借由死促進生之努力的動機，曾子曰：「仁以為己任，不亦重乎？死而後已，不亦遠乎？」死而後已顯現出生命的的璀璨與價值，它是一種存在的堅持與決心，人們若想不朽，不在於他掌握多大的權力、累積多少的財富，而是在於他有無崇高的道德品質與悲天憫人的博大胸襟，如此才能通往不朽，《左傳‧襄公二十四年》：「太上有立德，其次有立功，其次有立言，雖久不廢，此之謂不朽。」儒家用不朽來平衡人們對死亡的畏懼，「君子疾沒世而名不稱焉」，名傳於後世是人的精神生命超越肉體生命之局限而長存，身體有一天終將毀朽，但儒家強調以三不朽來延伸生命

的價值，藉由立德、立功、立言來超越死亡的界限，雨弦〈生活七帖──柴〉：「燃燒自己吧／燃出生命的意義來」[8]，詩人以柴火喻人，強而有力的呼告人們活出生命的意義與使命，正是儒家所強調的通過人生前不斷的努力來追求生命的價值，如同柴火的責任與價值在於燃燒，那麼就盡其所能地在熊熊火焰中燃出生命的意義，貢獻人群，死而後已，在他的詩作〈詮釋〉中可以看出他對生命過程重視的是活在當下與積極生活的態度：「管他的英雄好漢／管他的凡夫俗子／一樣的安息／／不同的是／如何讓他有個美好的／完成」[9]，以及〈加護病房〉一詩中所展現的生命意志：「終站，下車／／不行，折返」[10]，傳統文化普遍處於樂生惡死的氛圍中，死屍面目的恐怖、無血氣的慘白、死後屍體的僵冷腐爛、白骨的猙獰可怕，都成為強烈的恐懼之源，但也因此使得人們有特強的生命韌性，對人世的痛苦有很強的忍耐力，面對生死交關反而激發生命的鬥志，為自己、為所愛之人繼續肩負責任。

　　另一方面，「仁」是儒家的核心價值，「仁」字拆開為「二人」，乃指人際關係的建立，落實在生活中則是「禮」的表現，

8　雨弦、林雅玫，《蘋果之傷》，台北：文史哲，1998年，頁99。

9　雨弦，《生命的窗口》，高雄：春暉，2009年，頁76。

10　雨弦，《生命的窗口》，高雄：春暉，2009年，頁38。

　　《禮記・曲禮下》說：「臨喪不笑，望柩不歌」[11]，《禮記・少儀》：「祭祀主敬，喪事主哀」，子曰：「生，事之以禮；死，葬之以禮，祭之以禮。」，喪禮應以敬、哀為宜，詩人在殯儀館接過許多訃聞，參加許多場喪禮，但也看出許多喪禮流於形式的弊病，因此善用詩筆嘲諷喪葬現象，例如〈其實，我也是很悲傷的〉：

> 付過奠儀，匆匆填好公祭單
> 進入禮堂，都是人
> 管他的
> 先吹吹冷氣再說吧
> 啊司儀叫到我了
> 上前，披紅
> 手持花圈，深深鞠躬
> 家眷答禮
>
> 上前和家眷握個手吧
> 怎麼？都是陌生的臉孔
> 哈，我竟然跑錯地方了

---

[11]　本論文禮記各篇皆引自李學勤主編，《十三經注疏》，北京：北京大學，2000年。

　　　　管他的，反正

　　　　獨哀哀不如眾哀哀

　　　　既來之則安之

　　　　手還是要握的

　　　　其實，我也是很悲傷的（《用這樣的距離讀你》，頁23）

　　跑錯場合的主角還是不忘強調自己的悲傷，禮的形式盡了，對
於內心的違背感到不安。再如〈殯儀館形色〉寫一群人的忙碌：

　　　　有人忙著哭泣落淚

　　　　有人忙著行禮如儀

　　　　有人忙著入土為安

　　　　有人忙著火化升天

　　　　有人忙著暗算

　　　　那一筆不小的遺產

　　　　如何瓜分（《生命的窗口》，頁54）

　　喪葬禮儀蘊含的是儒家的禮儀、孝道文化，儒家認為將禮儀貫
穿到人生與死的整個過程，才是實現人道精神，張三夕認為：

正是在儒家死亡必須合乎禮儀的思想影響下，中國人養成了
對死亡的規格、排場斤斤計較的心理特徵[12]

　　但與其致力於繁節縟文的完備，欠缺內心哀痛，不如儀式少一
點，內心充滿敬意與感恩，如孔子面對顏回的死所表現的態度正是
揉合了情感的哀痛與嚴格的喪葬禮儀，孔子積極實現臨喪悲哀的情
感原則，就如〈黃道吉日〉所強調，同一條巷道有喜有喪，也要
「以右臉／陪笑，而以左臉／哭喪著」[13]，滑稽的表情極致表現社
會現象以及儒家禮的影響。儒家基於人倫親情，重視喪葬之禮，流
傳至今有其流弊，雨弦的詩作提供現代人省思的空間。除了喪葬類
的詩作，在老齡關懷與喪親詩也看出其中儒家思想的呈現，詩人為
老人發聲是實踐儒家「老吾老以及人之老」的悲天憫人，如〈老人
院所見〉：「閻爺特別眷顧老人院／尤其愛在冬夜／帶了老人隨寒
流而去／／昨夜祂又來了／毫不費力地／帶走了一位老爸爸／這已
是入冬以來第四位／我的淚已乾，心隱隱作痛」[14]；而幾首喪親詩
則是哀慟孝心的表達，孝道是儒家長期以來堅定維繫的首要德性，

---

[12]　張三夕，《死亡之思》，台北：洪葉文化，1996年，頁15。

[13]　雨弦，《母親的手》，高雄：葫蘆，1989年，頁50。

[14]　雨弦，《因為一首詩》，高雄：宏文館圖書，2008年，頁145。

《詩經・蓼莪》說：「哀哀父母，生我劬勞……長我育我……欲報
之德，昊天罔極。」這首詩充分表達對父母養育之恩的感念，如今
想報答父母恩德，無奈上天不惠，奪我父母，使身為子女的自己無
法孝敬終養，「儒家的喪葬與祭祀思想，正是從親情骨肉的不捨而
立論」[15]。《論語・子張》曾子曰：「吾聞諸夫子，人未有自致者
也，必也喪親乎。」人只有在遭逢喪親時，才能從內心發出真情而
不能自己，《孟子・盡心》曰：「哭死而哀，非為生者也。」孟子
強調，為親人的死而哀痛地哭，不是做給別人看，而是一種盡性盡
孝的表現。親子之情乃人之本性，雨弦在幾首悼念父母的作品中，
自然流露出父母逝去的悲痛與落寞，例如〈六月很冷〉：「寸草枯
萎了，千鳥也絕／冷啊，我的母親／您也冷嗎？您的血壓／再也不
會升高了，我的心／已降到冰點，冰點以下／是無法超越的／死亡
／／六月的南方，很冷」[16]；再如〈墓碑〉：「燙金的名字／從大
理石跳出／把我的眼擊傷／淚流不止／把我的心擊碎／血泣如注／
／母親啊／您在何方」[17]；又如〈一口井──懷母親〉：「想起阿
母，那口井／純淨而甘美／想起年幼的我們／吸吮愛的乳汁／只

---

[15] 劉仲容、鄭基良，《生死哲學概論》，台北：空中大學，2006年，頁91。

[16] 雨弦，《生命的窗口》，高雄：春暉，2009年，頁78。

[17] 雨弦，《生命的窗口》，高雄：春暉，2009年，頁82。

是，阿母／那口井，早已被／埋葬」[18]；〈出境〉：「我們哭過，
痛快地／哭過，可是／爸依然不肯出來／想起以前種種／爸對我們
的好／又任苦澀的淚水／淹沒自己／／專機即將啟程／爸，珍重吧
／記得去找我媽／等著您們，一起／回到我的夢境裡來」[19]，儒家
重視人與人之間的倫理關係，《孝經‧喪親章》子曰：「孝子之喪
親也，哭不偯、禮無容、言不文，服美不安、聞樂不樂、食旨不
甘，此哀戚之情也。」一旦喪失了父母，那他的哀痛之情，無以復
加，言行動作，神不自主，耳目的娛樂不再，這就是孝子的哀戚真
情之流露。孔子認為孝子事親五者之一為喪則致其哀，雨弦在父母
死後盡其思慕之心，詩中的思念之情深富感染力，這一類的詩作正
是儒家孝道涵養的具體表現。

　　儒家珍惜生命，肯定現世，將人生的焦點放在人我之間的關
係，《荀子‧大略篇》中，子貢嘆道：「大哉死乎！君子息焉，小人
休焉。」一生為理想與責任奮鬥，到死就可以安息，傅佩榮認為：

　　　這種實現以價值為人生目的信念，已經可以排除死亡的陰影
　　　與威脅了。[20]

---

[18]　雨弦，《生命的窗口》，高雄：春暉，2009年，頁88。

[19]　雨弦，《出境》，高雄：縣立文化中心，1997年，頁172。

[20]　傅佩榮，〈儒道二家的生死觀〉，《關於生死，他們這麼說⋯⋯》，台北：
　　　人本自然文化，2004年，頁187。

　　雨弦的喪親之痛並非懼死，是由內而外的情緒抒發。經歷豐富，看盡人生百相的他在《用這樣的距離讀你》自序中說：「面對生命已能自在，面對死亡，也無恐懼可言。」[21]因為年屆花甲的他已在他個人的角色工作中積極努力而無憾。

第二節　道家觀

　　道家生死觀主要體現在《道德經》與《莊子》這兩本典籍，道家不惡死，也不厭生，甚至是養生的，只是對死的超脫更具特色，他們對於生死表現出坦然、達觀的態度，在雨弦的生死詩中充滿著超越生死的生命情態，林文欽認為雨弦：

> 在詩中無不透出亦老亦莊這兩棵空心菜的冷智與浪漫，冷智是遠距離的觀察，可說是王國維講的『無我之境』，但見情緒的超越或抽離，即使身在悲傷環境而不見悲傷；浪漫則是王國維的『有我之境』，只看到詩人創造的美感經驗，而不見其愁苦自憐。[22]

---

[21]　雨弦，〈工作・生活・寫詩──自序〉，《用這樣的距離讀你》，台北：文史哲，2003年。

[22]　林文欽，〈窗口觀詩觀自在〉，《生命的窗口》，高雄：春暉，2009年，頁18。

　　「道」是道家思想的哲學基礎，從萬物運行的規律來看，萬物
運行皆本於「道」循環反覆、自然變化的原則，中國古人從動植
物、自然大化的榮衰、人之生死的變化體悟到生命體有生便有死，
《莊子‧大宗師》：「死生，命也，其有夜旦之常，天也」[23]，
此一「天」，即是「道」，也是「自然」之意，世界的本源是
「道」，「道」是永恆的、絕對的、無變化的；而萬物則是暫時
的、相對的、有變化的，既然生死變化是常道，如同其他自然現象
規律地變化般，對於生死就無須有好惡之情，《莊子‧大宗師》：
「孰能以無為首，以生為尻，孰知生死存亡之一體者，吾與之友
也。」，在道的運行下，死生為一體，宇宙的變遷中，一切生滅現
象皆自然產生，死生的問題無法隨主觀意識而改變這客觀的必然
性，人力無法干預其中，此一概念也使人與萬物處於平等地位，
人應是萬物為相同之本質，而無貴賤高下的差異，《莊子‧齊物
論》：「天地與我並生，萬物與我為一」、《莊子‧秋水》：「以
道觀之，物無貴賤」，雨弦在其詩作中表達對自然萬物的尊重與關
懷，並時常表現出回到自然本我的渴切，如〈文明病〉寫治癒的過
程便是「看朝陽　看落日／看裊裊升起的孤煙／聽鳥的啁啾　蟲的

---

[23] 本論文莊子各篇章皆引自（清）郭慶藩編、王孝魚整理，《莊子集釋》，
　　台北：萬卷樓，2007年。

吟唱／風在林中走動的聲音」[24]，〈過太麻里〉寫與自然冥合的喜
樂：「吸吮著大地的乳房／哺育出的／母親一樣的釋迦，一樣的萱
草／閱聽著水藍藍的腹／不住的歌唱，因而／忘了下山的路」[25]，
〈愛河〉寫人類與自然血濃於水的感情及對它的疼惜：「血濃於水
的是／深深深深的／愛／我鍾愛的子民啊／且把湛藍還給大海還給
天空／把殷紅還給心臟還給血管／把翠綠還給大地還給山河」[26]，
人應學習「道」的精神，成就萬物卻不主宰萬物，「生而不有，為
而不恃，長而不宰。（《老子》51章）」[27]，將生命的價值通達到
萬事萬物，領略所有生命同體共氣的法則。萬物之所以面臨浩劫，
源自於人類對物質的貪求，唯有少私寡欲、自然無為，才是真正的
養生，《莊子‧至樂》：「夫天下之所尊者，富貴壽善也；所樂
者，身安厚味美服好色音聲也；所下者，貧賤夭惡也；所苦者，
身不得安逸，口不得厚味，形不得美服，目不得好色，耳不得音
聲。若不得者，則大憂以懼，其為形也亦愚哉！夫富者，苦身疾
作，多積財而不得盡用，其為形也亦外矣！夫貴者，夜以繼日，思
慮善否，其為形也亦疏矣！人之生也，與憂俱生。壽者惛惛，久憂

[24] 張忠進、吳瓊華，《影子》，高雄：文化中心，1994年，頁49。

[25] 雨弦，《雨弦詩選》，台北：文史哲，1999年，頁156。

[26] 張忠進、吳瓊華，《影子》，高雄：市立文化中心，1994年，頁53。

[27] 本論文老子各篇章皆引自（魏）王弼，《老子四種》，台北：大安，1999年。

不死，何之苦也！」老子說，禍莫大於不知足，如雨弦〈盆景〉的
前兩句：「一輩子／一把泥土就夠了」，花草理應生長在大片泥土
上，但在無可奈何下，選擇樂觀面對，謝輝煌說：

> 詩中的『夠』字很有學問，誰能悟透這個『夠』字，誰就能
> 擁有更多的生活空間和樂趣，所謂『知足常足，終身不辱；
> 知止常止，終身不恥』，便永在其中矣。[28]

　　知足勝不祥，生命沒有永遠的富貴壽善，也沒有永遠的「身安
厚味美服好色音聲」，執著於形與身的發達成就反而失去簡單的喜
樂，人若能從生死變化中超脫，則雖有外在形體之變化，卻無內在
心神之損傷，如〈撿骨〉一詩所要強調的：「幾斤幾兩／／你還
計較什麼呢」[29]，誰還為那一罐罐骨灰稱斤論兩？梁遇春在〈人死
觀〉中翻譯了Sir W. Raleigh在世界史中的一段文字：

> 能夠動人，公平同有力的死呀，誰也不能勸服的，你能夠說
> 服；誰也不敢想做的事，你做了；全世界所諂媚的人，你把

---

[28] 謝輝煌，〈盆景邊的遐思〉，《大海洋詩雜誌》第65期，2002年5月，頁
124。

[29] 雨弦，《生命的窗口》，高雄：春暉，2009年，頁64。

他擲在世界以外，看不起他；你曾把人們一切的偉大，驕傲，殘忍，雄心集在一塊，用小小兩個字『躺在這裡』蓋盡一切。[30]

　　生前的名利聲望到死還有何計較？人一生為了生存疲於奔命，但也往往因此而喪失生命，老子強調忘卻形體之有無與生死才是保生之道，《道德經·十三章》：「吾所以有大患者，為吾有身，及吾無身，吾有何患？」肉身的食色性就是憂患的根源，就如同雨弦所說，人的結局都一樣：「那一個個小小、冷冷、圓圓的骨灰罐，就是人生的答案。」唯有去除成見，拋開功利，才能真正超脫生死。在雨弦的詩中常流露出道家齊生死的生死觀，例如〈殯儀館的夜晚〉：「我仰望星空／星子俯瞰著我／想起死的況味／可以很美的，就像今夜」[31]，看見自然繁星，頓悟生死循環，一沙一世界，一花一天堂，詩人透過「靜」的工夫，讓心在殯儀館的夜晚復返最初的純真無瑕、寧靜樸實，獨自置身在自然奧妙中，領略死的況味其實也可以很美，從而獲得對生死皆不執著的豁達，消解對死亡的排斥。宇宙日月旦夕變化，和人的生死都有其存在的變化和定律，是必然性的、自然而然如四季循環的發展，人死如安寢於天地之

30　梁遇春撰、秦賢次編，《梁遇春散文集》，台北：洪範，1979年，頁29。

31　雨弦，《生命的窗口》，高雄：春暉，2009年，頁56。

間，例如〈骨灰罐〉：「不成塊不成節的／灰／就讓它化作泥／與大地合一」[32]，紛紜萬物最終都要返回根本，回到持守虛靜、清靜無為的道，才合於自然，「夫物芸芸，各復歸其根。歸根曰靜，是謂復命。」[33]，人最後也是回到大地的懷抱，腐爛之後化為黃土，落葉歸根，如〈葬儀社〉：「離去後／我是護花的春泥」[34]。

　　道家站在自然主義的立場看生死，強調順其自然，無為而治，因此也反對戰爭所帶來的死傷，老子的理想國是一個和平，與世無爭的祥和生活，《道德經‧八十章》：「小國寡民，使有什伯之器而不用，使民重死而不遠徙，雖有舟輿，無所乘之；雖有甲兵，無所乘之，使人復結繩而用之。甘其食，美其服，安其居，樂其俗，鄰國相望，雞犬之聲相聞，民至老死不相往來。」看雨弦的〈長崎蜻蜓〉也反映出其反戰思想：

　　　　早上我的右腳

　　　　剛剛抽離廣島

　　　　下午，我的左腳卻又跌入

　　　　長崎的深淵

---

[32]　雨弦，《生命的窗口》，高雄：春暉，2009年，頁62。

[33]　魏　王弼等注，《老子四種》，台北：大安，1999年，頁12。

[34]　雨弦，《用這樣的距離讀你》，台北：文史哲，2003年，頁15。

戰爭坐此哭誰
半個世紀了
鴿子依然紅著眼
咕咕唱著
和平，和平

一隻蜻蜓飛來
我神經質地舉起攝影機
將之
擊落（《生命的窗口》，頁40）

　　詩人到日本旅遊看見許多戰爭殘酷、悲慘的圖片，讓人似乎親歷戰爭中痛苦的深淵，這首詩寫於1995年，距離第二次世界大戰結束剛好屆滿五十年，半個世紀過去，但歷史的教訓不能被遺忘，鴿子紅紅的眼睛似乎在悼念著當初的罹難者，並且懇切的唱著「和平，和平」。鴿子是和平的象徵，但現在突然飛來一隻蜻蜓，詩人為何舉起攝影機將之擊落？因為蜻蜓狀似轟炸機，而詩人只好利用身邊的武器黑色機關槍──攝影機掃射，以免鴿子被突擊，詩人自嘲神經質，但也看出他鮮明的反戰思想，尤其詩人的父親在戰爭中

歷險歸來，因此格外訴求和平，強調生命的運作應當是一種自然的轉化，而非外力的強加介入。

　　道家認為死生如晝夜，自然循環，人只要順應此變化，對於死亡又何惡焉！天地者萬物之逆旅，人生本來如寄，未生之前，我們何所存？既死之後，我們何所去？宇宙萬物之成毀皆從某一種存在轉化為另一種存在，人的形體只是氣聚暫居之處罷了，《道德經・三十三章》：「知人者智，自知者明。勝人者力，自勝者強。知足者富，強行者有志。不失其所者久，死而不亡者壽。」「以人存在之形體看自身之變化，則生死壽夭是一無法逃脫之宿命，然人當本於宇宙宏觀之生命現象，則可跳脫短暫形體之變化，而在與道合一之境界中超脫生死，此乃『死而不亡者壽』之真義。」[35]氣一變為形體，二變使生命產生，三變使生命死亡，因此生命的開始到結束，都是氣化所致，有何計較？生死如同日夜變化，自然遞相變化，因此生不足喜，死不足悲，《莊子・至樂篇》提及，莊子在妻子往生時鼓盆而歌，在莊子看來「察其始而本無生；非徒無生也，而本無形；非徒無形也，而本無氣。雜乎芒芴之間，變而有氣，氣變而有形，形變而有生。今又變而之死。是相與為春秋冬夏四時行也。」《莊子・大宗師》也說：「假於異物，託於同體」，以生死

---

[35] 程安宜，《從「老莊生死觀」探討國小兒童的死亡教育》，屏東師範學院：國民教育研究所碩士論文，1998年，頁109。

齊一的觀念，期待人們從懼死哀死痛死的巨大情感漩渦中走出來，
因為生死既如氣之聚散，大可用安然來去的態度面對，打破好惡生
死的束縛，不再執著於形體的生死而產生樂生惡死的生命情態，進
而體悟生命是由無到有，終歸於無，兩者並不對立，而是相容的彼
此，如雨弦〈一半〉：

> 棺木店的老王結婚了
> 親友們都來道喜
> 而偌大的店面
> 早已被棺木占去一半
>
> 春風滿面的新郎挽著
> 嬌滴滴的另一半
> 親友們也坐滿
> 占著一半店面的酒席
>
> 忽然，背後的一口棺木說話了
> 生也一半，死也一半
> 喜也一半，悲也一半（《生命的窗口》，頁46）

　　在棺木店裡，看見生死哀樂的相容，生死的延續過程中，哭哭笑笑，苦苦樂樂，歡喜與哀怨並行不悖於我們的生活周遭，生死本是一體，了解這個道理便能知足常樂，何必將喜怒哀樂存於其間？生命，假借氣而存在，過程中所出現的苦痛、悅樂，都如塵垢，情緒不須囿於此。《莊子・養生主》：「適來，夫子時也；適去，夫子順也。安時而處順，哀樂不能入也。」順自然而生，順自然而死，雨弦〈過客〉就點出人面對死亡時心理的轉折：

　　　　有人來了
　　　　走了

　　　　我留下來
　　　　不走

　　　　不，走（《生命的窗口》，頁48）

　　生命的來來去去是順應自然的循環，但輪到自己面對死亡時，第一時間有所遲疑，有所眷戀，因而執意留下，但在思考後形成大轉折，「不，走」，展現豁達逍遙的頓悟與至樂，鄭曉江認為：

「至樂」之「樂」絕非世俗人因獲得什麼而喜的「樂」，她完全淵源於人們激悟了生死變化、世事損益而在心理世界中的完全解脫，一種大悟之後的大喜，一種體驗的而非理智的欣然。[36]

因恐懼死亡而產生的心靈磨損、精神桎梏，是人們悲苦的本源，從道家觀點看，死是一種束縛的解脫，肉體生命有限，精神可以無窮，在適當的時候來到人間，也在適當的時候離開人世，《莊子·知北遊》：「人之生，氣之聚也；聚則為生，散則為死。若死生為徒，吾又何患！」只要順應自然的變化，哀樂就不能侵擾心中的寧靜，進而達到齊生死的境界。

第三節　佛家觀

佛教雖然是外來宗教，但在歷史上很快便與中國文化相互融合，對文人雅士的思想產生重要的影響，對於人們的生死觀念也有極大影響。〈碧雲寺的回憶〉一詩中可看出雨弦的祖母篤信佛教：

---

[36] 鄭曉江，《中國死亡智慧》，台北：東大圖書，2001年，頁54。

唸小學的時候
奶奶總會帶我上山
在這兒住個幾天
那是她最想做的一件事

於是餐桌上的素食
禪房裡的清夢
大殿內的梵唄
都成為我的最愛

如今，我站在雲端
看山下一片茫然
而古刹裡香煙裊裊
朝聖者不絕於途
遂想起奶奶往生的時候
手持蓮花，多像觀世音
緩緩回到這一片淨土（《蘋果之傷》，頁64）

　　在祖母信仰的耳濡目染下，佛家思想潛移默化影響著雨弦，小時候宗教信仰的薰陶加上工作經驗的淬煉，使得雨弦在他作品中處處表現禪趣與頓悟的智慧：

　　　　殯儀館及老人院服務的經驗也給予他眾多超越生死的觀察與體悟，化為詩句，便是充滿機趣的禪語了。[37]

　　　　在生離死別的環境中，雨弦怡然處之，進而使得他參悟生死的因果，激起淬煉清明的思考。[38]

　　林文欽認為在〈空心菜〉一詩中所寫的「第三棵空心菜則是佛教式的大愛悲憫與禪機頓悟」[39]，雨弦的大愛悲憫表現在對弱勢的終極關懷，例如〈落日心情〉寫對老人的不捨：

　　　　孤獨的老人醒來
　　　　兩口井汲不出一滴水

---

[37]　林文欽，〈窗口觀詩觀自在〉，《生命的窗口》，高雄：春暉，2009年，頁19。

[38]　李冰，〈參悟生命內涵的詩人──訪問雨弦先生〉，《生命的窗口》，高雄：春暉，2009年，頁95。

[39]　林文欽，〈窗口觀詩觀自在〉，《生命的窗口》，高雄：春暉，2009年，頁18。

想握握他的手

卻握住兩根柴火

想聽聽他的心

卻聽到一聲聲

倦了，倦了（《籠中無鳥》，頁56）

〈獨居老人〉一詩更簡單有力刻畫獨居老人的無所依恃：

黃昏的海上一人獨自漂流（《用這樣的距離讀你》，頁4）

　　佛家認為人與萬物一樣，在茫茫宇宙中時起時滅，人的出現是因緣際會，人世間的一切皆在生、滅變化。在這生、滅流程中所出現的名利、財富、婚姻、家庭、親情與倫常……等，都會時刻變化，而並非常在，這就是無常。「法界所有的事物均由因緣和合而成，所以包括有情的生命及無情的事物均無自性，因為沒有自性，所以世上沒有永恆不變的人際關係或狀態。」[40]人因為有生、有死，所以人生無常，佛教認為人一旦有執著，大就會陷入各種苦難之中，佛家以十二因緣來說明有情眾生的生死流轉，包括無

---

[40] 陳徽，《佛教教義的生死關照之研究》，高雄師範大學：回流中文碩士論文，2008年，頁96。

明、行、識、名色、六入、觸、受、愛、取、有、生、老死，無明
是人心的無知迷惑，由「無明」生「行」，行包括身體、口舌、心
意三個動向，由「行」生「識」，依此類推，由「有」而「生」，
「生」而「老死」，因此人都會有生老病死，無明是一切煩惱、生
死的總根源，人因為有我執，因為有身、口、意所引起的貪、嗔、
癡，因此陷入不斷的生死流轉與苦痛的掙扎，佛家認為惟有滅絕無
明才能臻於涅槃的境界。例如雨弦在〈紅燭還是白燭〉一詩中強調
這個世界就是苦難的世界：「四十五年前一個深夜／母親躺進產房
／使出他所有的力／在一陣死去活來之后／把我帶到這個苦難的世
界／／我漸漸長大成人／母親漸漸消瘦蒼老／苦難的世界苦難的母
親／我卻懵懂無知」[41]，佛教將人世間的一切苦況歸納成了八大種
類，包括生、老、病、死、怨憎會、愛別離、以及求不得等，因此
佛教對生命的主張在於鼓勵人們學習參透萬物之空：

> 看穿萬物的無常性、無我性，而去追求涅槃這一寂滅一切的
> 最高境界[42]

---

[41] 雨弦，《生命的窗口》，高雄：春暉，2009年，頁84。

[42] 陳俊輝，《超越生死的智慧》，台北：宇河文化，2008年，頁230。

　　佛陀所謂的涅槃，淨土宗叫做淨土，禪宗稱作成佛，不管名稱為何，他代表一個境界，而不是人死後靈魂脫離身體才能到達的世界，《輪迴與解脫》對於成佛的定義為：「就是人能夠超越生死，不必再轉世到六道輪迴的世界裡來。對於世界所有存在的現象，不再以自尋煩惱的態度觀之，反倒能夠看清其中的『性空』，對於世界的一切，無所執取」[43]。因此只要能了悟萬法皆空，不再心生妄執就是涅槃，然而有情的眾生往往受到色、受、想、行、識五蘊的牽引：

> 色是指物質；受是指感情；想是指表象、思想；行是指意
> 志；識是指意識與悟性。這五蘊完全是假我，任何人一旦執
> 著這五蘊，或其中的任何一蘊，便會產生煩惱，便會立即陷
> 入苦況中。[44]

　　另外，在〈骷髏頭〉一詩中則表現了「無相」之境，詩人很明白而貼切地用面具的意象來說明人活著始終受五蘊束縛而無法絕對自由：

---

[43] 吳珩主編，《輪迴與解脫——從痛苦煩惱到快樂自在》，台北：宇合文
　　化，1997年，頁156。

[44] 同上，頁231。

卸下一生的面具

什麼都不必看

什麼都不必聽

什麼都不必說

什麼都不必想

卸下一生的面具

什麼都可以看

什麼都可以聽

什麼都可以說

什麼都可以想

卸下一生的面具

你終於做你自己（《生命的窗口》，頁66）

人之所以恐懼死亡，最主要的原因為：

臨命終時，最後剎那，一切諸根悉皆敗壞，一切親屬悉皆捨
離，一切威勢悉皆退失。輔相大臣、宮城內外、象馬車乘、
珍寶伏藏，如是一切無復相隨。[45]

---

[45] 般若三藏譯，《大方廣佛華嚴經・普賢菩薩行願品》，台南：和裕，2001

　　人若能在現下脫下面具做自己，回歸真實我，即能解脫，卻往
往必須藉由死亡達到解脫的快樂，既然人生的本質含有苦痛因素，
那麼死亡何足懼？我們往往受到外在形相的影響而產生成見與固定
反應，拘泥就無法離「相」，離一切相即是佛，〈骷髏頭〉中詩人
用脫下面具來抽離事物的外相，讓讀者回到人內在的真實，詩人的
精神意志已經超越了現實的侷限，將時間與空間延伸，使讀者置身
於抽象的時空之中。

　　潘麗珠在《現代詩學》中提及中國「禪」的美學思維對現代詩
的影響，他認為「禪是方法，禪宗是佛教的一支，禪意則是具有生
命力的藝術底蘊。」[46]潘麗珠認為現代詩以三個層面表達禪意，包
括「靈動超越的無我之境」、「孤寂而自在的生命覺」、「遠近俱
滅的時空觀」，雨弦〈骷髏頭〉表現的是「遠近俱滅的時空觀」，
〈魚語之二〉則是呈現「孤寂而自在的生命覺」：

　　　那會是
　　　外婆屋簷下的魚乾串嗎

　　年，頁286。

[46]　潘麗珠，《現代詩學》，台北：五南，1997年，頁28-29。

　　童年已逝，海已遠

　　掛在眼前的

　　是被風過、曝過

　　僵化了的

　　自己

　　忽聞背後

　　有貓的叫聲傳來（《生命的窗口》，頁34）

　　人時常在今昔對比中哀憐時間的消逝與世事的變遷，但詩中末節貓的出現直接了當，想吃就吃，毫不虛假造作，借由貓點醒滿心機械與煩惱的作者與讀者，吃飯就是吃飯，睡覺就是睡覺，心頭安定，不一味追求，懂得知足與珍惜就能自在常樂，此詩在詩境的表現上，先孤寂而後自在，面對沉重的孤寂感，反而可以將世事看得更透徹，超越世俗而養心，心境因而自在，雖感人生的無常，但終究了悟，而能自在無礙。

　　楞伽經說生死死生，生生死死，如旋火輪，生、死都是輪迴中的一個環節，人生是不斷循環的過程，印順《學佛三要》有云：「生生不已，也就是死死不已。死去了，絕對不就是毀滅；同樣的，未生以前，也不是什麼都沒有。前一生命的結束─死了，即是

後一生命的開始。生命是流水一樣的不息流去。」[47]〈一池殘荷〉
即隱含著生死循環、物我同道的靈動禪趣：

> 秋日的黃昏
>
> 一堂生死學的課
>
> 在池畔開講
>
> 老教授先來一步
>
> 指著蓮蓬說
>
> 修行已成正果
>
> 蒼茫中我瞥見
>
> 一輪落日
>
> 在生死之間
>
> 沉思（《生命的窗口》，頁42）

丁旭輝評此詩認為：

> 簡潔的語言中，其實隱含著生命循環不斷，生生不已的『圓』
> 的東方哲學精隨。[48]

---

[47]　印順，《學佛三要》，新竹：正聞，1971年，頁26。

[48]　丁旭輝，《淺出深入話新詩》，台北：爾雅，2006年，頁135。

　　「秋日」是一年將盡蕭瑟之時，「黃昏」是一日的盡頭，「蓮蓬」乃蓮花的果實，因此老教授指著它說「修成正果」，具有豐富生死學識的老教授，不也是修成正果？所有意象並列，雖說「落日」，但卻會「沉思」，死而猶生，生死合一，死亡的瞬間意味著其他生命形態的開始，毀滅的過程同時也是新生命的逐漸成長和壯大，這是禪的思維方式，詩人對自然的了悟，彷彿他就是蓮蓬、彷彿他就是老教授，物我同道，進入無我之境，潘麗珠認為當詩境進入無我之境，「既超越功利、也超越思慮，一切利害得失的計較均可拋棄，心靈無限自由，所觀照的對象有了作者心靈的投射，也就充滿了靈動超詣的魅力。」[49]生命會有無常，但人可以做「無住」的選擇，一如〈葬儀社〉末兩句：「離去後／我是護花的春泥」，所謂無住的「住」就是束縛、執著，當內外無住，就能通達無礙。

　　雨弦參透生死、悟道的諧趣還可證諸其他詩作，例〈終站〉：「至於，盤纏／你知道／本是可有可無」[50]、〈女法醫〉：「屍體鬆了口氣／走了」[51]，〈撿骨〉：「幾斤幾兩／／你還計較什麼？」[52]詩中無一不是覺醒的智慧，這種無我無執的境界正是禪的

---

[49]　潘麗珠，《現代詩學》，台北：五南，1997年，頁35。

[50]　雨弦，《生命的窗口》，高雄：春暉，2009年，頁50。

[51]　同上，頁74。

[52]　同上，頁64。

思維，如洛夫所說：「純詩發展至最後階段即成為禪，真正達到不
落言詮，不著纖塵的空靈境界。」[53]

---

[53] 洛夫，《詩人之鏡》，台北：大業，1969年，頁55。

第四章

主題內涵探究

第四章　主題內涵探究

　　生命原包括生與死，雨弦生死詩的主題內涵當可分別從生的體認與死的體悟來加以探究。

第一節　生的體認

　　本節試就雨弦生死詩中生命哲理、生態保育與老齡關懷三方面加以探究。

一、生命哲理

　　李冰評論雨弦的詩說：

> 詩人不但以敏銳的視覺來掃描有形的大千世界，而且必須
> 以心靈的觸覺來透視無形的社會百態。雨弦的筆不寫達官
> 顯要，網羅的是那些善盡本份的小人物，他看到他們是怎樣

生活的，是為誰而生活的，於是，一種悲天憫人的情懷躍然
紙上[1]

看他的〈擺渡者〉，寫社會中默默付出的小人物：

一支櫓，一張筏
就是你的一生麼

櫓是沒有根的樹
筏是沒有根的萍
你的根在哪裡

渡過了他　又渡過了我
誰來渡你

黃昏了
你的家呢（《母親的手》，頁36）

---

[1]　李冰，〈祝福你，詩人〉，《母親的手》，高雄：葫蘆，1989年，頁14。

　　這首詩以第三人稱的角度寫擺渡者的一生。擺渡者一生都在為
別人著想，將別人放在第一個位置思考，「一支櫓，一張筏」就是自
己的一雙手、一顆心，渡過了無數的他和我，黃昏之時，歸巢之時，
擺渡者的根在哪？家在哪？犧牲毫無怨言，無視於自己的漂泊甚至被
忽視，只求不計名利的幫助他人。在每個人的生命中或許都有擺渡
者，可能是父母、老師或朋友，他們在平凡中見偉大，享受別人擺渡
的我們，除了感恩，也應該將這樣的精神傳承下去，這份擺渡的精神
由愛成就，因為愛，讓我們在別人的需要上看見自己的責任，雨弦用
他有情的眼光看見社會中善盡本份、為愛而付出的人，於是也用悲天
憫人的愛來寫每一個擺渡者，在這首詩看見他對小人物真誠的關懷。
除此之外，在路上的流浪者也成了雨弦詩作的主角之一，〈流浪者之
歌〉寫下有別於汲汲營營的群體生活，流浪者性格上的不羈：

　　其實，活著
　　一個行囊夠了

　　有陽光有空氣有水
　　還有落腳的地方

　　捨棄或遺忘
　　也是美麗的選擇

　　其實，活著

　　一個行囊夠了（《蘋果之傷》，頁91）

　　梁遇春在〈談「流浪漢」〉中讚賞流浪漢的性格：「流浪漢在無限量的享受當前生活之外，他還有豐富的幻想做他的伴侶。……他總是樂觀的，走的老是薔薇的路。他相信前途一定會光明，他的將來果然會應了他的預測，因為他一生中是沒有一天不是欣欣向榮的；就是悲哀時節，他還是肯定人生。」[2]流浪者之所以流浪有很多因素，但他們共通的性格就是不見容於社會體制，他們有自己特別的性格，而且往往是豪爽直截的性情：「流浪漢心裡想出七古八怪的主意，幹出離奇矛盾的事情。什麼傳統正道也束縛他不住，他真可說是自由的驕子，在他的眼睛裡，世界變做天國，因為他過的是天國裡的生活。」[3]他們沒有一般人對成敗的得失心，也沒有應對進退的熱情，他們因為想過自己的生活所以流浪，因此「一個行囊夠了」，其他都是累贅，不便於流浪，而住所也不被圍限，不必有保護殼，露天也無妨，展現無入而不自得的胸襟與不拘小節、樂觀的精神，在這個忙碌紛亂，擾擾攘攘的世界裡，捨棄、遺忘，

---

[2]　梁遇春撰、秦賢次編，《梁遇春散文集》，台北：洪範，1979年，頁87。

[3]　同上，頁88。

沒有太多的慾望奢求，或許是可以活的更瀟灑的一種「美麗的選擇」，拋下越多，生活更自在，那麼，的確一個行囊夠了！首尾呼應，文字簡單清爽，對應出流浪者的性格與行囊的輕便，也反映作者生活簡單，沒有負擔的生命體認。

除了寫擺渡者、流浪者，雨弦也替社會底層弱勢族群發聲，〈魚語‧之一〉讓人看到社會現實而殘酷的真相：

給我水，給我水吧

在極平凡卻暗藏玄機的
菜市場的角落
有誰？誰能聽到
我最末最微弱的
呼聲（《母親的手》，頁38）

一條魚用渴切的語氣呼喊著：「給我水，給我水吧」，對於有能力的人來說，一滴水是微不足道的施捨，但重點是，是否聽到了這樣的聲音？菜市場喧喧嚷嚷，討價還價，菜販與消費者各自為自己的生活打算、秤斤論兩，當每人都把眼光放在自己的需要上時，誰能聽到角落那「最末最微弱的／呼聲」？隨著詩歌的結束，一條

生命似乎也在角落悄悄結束，如果有人聽見那微弱的最後呼救，如果這個社會、政府再多一點主動積極的關懷與援助，或許很多家庭就可以不必選擇共赴黃泉，就能讓絕望者起死回生，生死之間往往不盡公平，這是實際身為社會工作者的雨弦所寫下的社會紀實。

　　社會因為有階層而分出強弱，人世因為時間的變遷而有生老病死，對青春與生命的流連是人之常情，例〈水中月〉寫好花不常開，好景不常在，青春不能永駐的心情體會：

　　曾經我的眼
　　在一面妝境前
　　凝視一朵荷花

　　而今夕我所見的
　　是一張蒼白的臉
　　在變形了的鏡中
　　扭曲著

　　這是人間
　　不是天上（《生命的窗口》，頁30）

　　前兩節藉由今昔對比呈現人世的變遷，白雲蒼狗，物換星移，曾經在鏡中所見的自己是清新脫俗典雅的青春，綻放花朵般的迷人與自信，因此不由自主多看幾眼，深深凝視著，而現在所見的則是「一張蒼白的臉」，氣色不佳，缺少生氣，「在變形了的鏡中／扭曲著」，生活上鏡子不會變形，鏡子的醜化是心理投射的結果，臉龐已不復當年如荷花般的柔順，而是已經扭曲，長滿皺紋、臉頰凹陷，充滿歲月痕跡的一張臉，照完鏡子後，詩人沒有意料中的感傷抒發，而是在最後一節簡單有力、確而有據的告訴自己：「這是人間／不是天上」，意指人的老化是正常，每個存在都脫不了變更，宇宙萬物間流動不息，哪裡真有永恆不變的東西？人間不變的東西就是變，因此學會順其自然才能在人間的每一個當下活出自信，這就是詩人在詩歌末了未明白寫出的頓悟。在〈一半〉這首詩裡，則點出「一半」的哲學，這個世界如果都沒有相對的另一半，未免過於單調，能看清「一半」哲學的人，才能擺脫得失的束縛：

　　　棺木店的老王結婚了

　　　親友們都來道喜

　　　而偌大的店面

　　　早已被棺木占去一半

春風滿面的新郎挽著

嬌滴滴的另一半

親友們也坐滿

占著一半店面的酒席

忽然，背後的一口棺木說話了

生也一半，死也一半

喜也一半，悲也一半（《生命的窗口》，頁46）

　　這是一首敘事詩，寫的是棺木店老王結婚的場面，第一節主寫棺木，第二節寫喜悅的人群，各占詩歌一半，第三節棺木說「生也一半，死也一半」、「喜也一半，悲也一半」也是同一行中以逗點隔開，各占一半，以形式上的「一半」，點出人生的悲喜參半。道喜的親友、春風滿面的新人坐在堆滿棺槨巨材的店面，和棺木擠在同一個店面裡，畫面有些突兀不協調，彼此拉鋸又相容，但人生不就是如此，有冷暖，有得失，禍福相倚，勝敗若是兵家常事，那吉凶慶弔也是人生常事。

　　而生命最脆弱的代表性地點之一莫過於〈加護病房〉：

終站，下車

不行，折返（《生命的窗口》，頁38）

加護病房是離死亡最近的地方，病人和死神拔河，隨時都可能走到人生的終點，但生於憂患的意志力，激發出求生的韌性，不想就此下車，到了加護病房，才知生命的可貴，因此，病，也是一種契機，看似山窮水盡疑無路的終站，確有柳暗花明又一村的頓悟，林水福認為：

「不行，折返」有蘥然驚醒或幡然悔悟之意，折返，重新振作，繼續未完的人生旅程，或展開新的人生。詩意含蓄，意味深遠。[4]

失去後才懂珍惜似乎已經成了人的本性，但生命終究有終點，該放下時，就不宜再執著，〈過客〉用寥寥九個字的變化，寫人徘徊在生與死之間的心境：

4　林水福，〈從一池殘荷到六月很冷〉，《生命的窗口》，高雄：春暉，2009年，頁8。

有人來了

走了

我留下來

不走

不，走（《生命的窗口》，頁48）

　　這首短詩，一開始以旁觀者的立場看待人世的來來去去，但等到死神輪到主觀者自己身上時，要豁達又談何容易？人世的一切讓人留戀，這主觀者代表的是詩人也是芸芸眾生，長生不老眾所期盼，然而最後筆鋒一轉，頓悟天地者，萬物之逆旅；光陰者，百代之過客，得失盛衰乃必然，於是以堅定的語氣說「不，走」，不帶絲毫的猶豫，「三小節呈現不同的人生境界，用字精簡，語意深長。」[5]就如陶淵明〈與子儼等疏〉說：「天地賦命，生必有死，自古聖賢，誰能獨免？」貪生怕死，人之常情，大自然自有它的主意，服從它還可以省些心，就如陶淵明〈形影神：神釋〉所說：「縱化大浪中，不喜亦不懼。應盡便須盡，無須獨多慮。」、〈五

---

[5]　同上，頁9。

月旦作和戴主簿〉：「既來孰不去，人理固有終」，人皆有沒，順
應生死的規律，可以更逍遙自在。

綜觀以上，生命之路並非直直一線通往終點，而是彎彎曲曲的
縈繞，有許多人我關係的包覆，月有陰晴圓缺，生命有悲歡離合、
人在生死存亡、爾虞我詐、弱肉強食之間勉強找到自己的位置，就
如〈盆景〉所寫：「祇好將就將就／在這樣一方小屋裡／過它／一
輩子」[6]，這個世界很擁擠，若用更宏觀的角度來看待人生，生命
自能更圓滿，〈茶道〉的意境讓人嚮往：

　　無所謂烏龍或香片
　　水仙或鐵觀音
　　泡壺熱茶
　　沖沖內心的冷
　　再來點詩詞古樂的
　　以為風雅

　　聊些什麼呢
　　話說從茶園回來的夜晚
　　我就皈依山了

---

[6]　雨弦，《夫妻樹》，高雄：山林書局，1983年，頁72。

　　至於什麼浮沉漂泊

　　蜷曲開放的鳥事

　　就交給這輕煙薄霧吧（《出境》，頁124）

　　茶在唐宋時即已成為一日不可無的飲料。茶道講雅趣，人融情
於茶香茶色茶味之中，在茶道中自省，在氤氳的茶氣中飄淡人世名
利，看茶葉在滾燙的水中懸宕、舒展，思緒澄明起來，因此不管是
「烏龍」、「香片」、「水仙」、「鐵觀音」都無所謂。現代社會發
達，在不斷變動的世界中如何能鬧中取靜，尋找自己的定位點，如何
偷得浮生半日閒，我想在茶的世界中或許會有所體悟。茶可以冷靜思
慮，在紛亂中找到瞬間的沉澱，用熱茶調和「內心的冷」，讓麻痺的
心再度熱起來，再加點音樂的陪襯，這份閒情逸致無非是現代生活最
單純的奢侈。茶帶著清淡的苦，不必加糖、加其他物件，就像需要拋
棄許多生活中的累贅那樣，那才能飲用到茶的本色真味，才能得到滋
潤和洗滌，無怪乎喝茶能讓人清醒、親和、達觀和包容，成為人們修
身養性的好方式，而品味著茶的芳香和味道，讓人回歸到祥和、寧靜
的狀態。茶因人而綠意盎然，人因茶而真摯平靜，一切都在那淡淡、
清香的氛圍中得到了解脫。一杯好茶，能泡出生活的好滋味，能領略
出人世的真諦，一個完整的種茶、採茶、沖泡和品嘗，就如人生的整

個過程和動作，生命的智慧蘊含在其中，難怪雨弦說「話說從茶園回
來的夜晚／我就皈依山了」，在一趟滌蕩心靈之旅後，那是一種很莫
名的臣服。在節奏迅速，步履匆忙的社會裡，喝茶，正可以為自己帶
來一份閒淡，在那「輕煙薄霧」中，人生的起起伏伏，煩惱、是非，
都已成了微不足道的幾樁「鳥事」。

二、生態保育

　　生與死乃是自然界的循環現象，不管科學物質文明發展的多麼
迅速，人永遠是自然的一份子，人的生活永遠脫離不了自然，然而
工業革命後，在物質機械化、科學化的影響下，人類的諸多行為已
嚴重影響到自己生存的環境，造成環境生態的破壞，包括森林被濫
墾濫伐、地下水被抽乾，煙囪與汽機車排放廢氣以及工廠廢棄物汙
染河川水源等，使得人類與自然軌道漸行漸遠，引爆大自然的反
撲，溫室效應使得氣候異常，忽視水土保持而引發土石流等。台灣
城市的貪婪，逐漸毀壞我們的土地，愛生惜福、尊重生命乃是生死
學的核心價值，故維護環境生態有其必要，關注生死的雨弦，也用
詩歌表達他對自然界存亡的關懷，如〈城中樹〉：

　　　　我是瀕臨絕境的族類

　　　　佇足孤冷的街角

　　望斷喧嘩的城

　　吸著朋馳冒過來的黑煙

　　搖以枯黃的手

　　這是一首城中樹的告白，利用擬人的口吻道出心裡的辛酸，表示自己只是都市的點綴，孤單寂寞地佇立在自己的崗位上，相較於車水馬龍、紙醉金迷、七彩霓虹的城市生活，作者以極為諷刺的對比突顯人們在名利追逐中的迷失，「孤冷的街角」相對「喧嘩的城」，「朋馳」相對「枯黃的手」，在都市發展中，人們以黑煙回報原始的自然，迷失在物質追逐的洪流中。

　　無人理我

　　祇身邊的一棟大廈

　　老是要跟我比

　　讓我感覺到

　　永遠矮了一截（《出境》，頁34）

　　習慣汙濁的城市，早已忽略製造清新空氣的樹木，在充滿車輛與煙囪的工業城裡，樓房越蓋越高，似乎是一種無止境的競賽，同

時也遮掩了人們視野，太過短視，封閉了胸懷，太過狹隘，人定勝
天的觀念主宰人類的思想，我們以高姿態俯視自然，城中高壯的大
廈對枯瘦的城中樹形成龐大的壓力，無怪乎一開始就點明城中樹的
處境是「瀕臨絕境」，大自然無意與人類競爭，然而人類何時才能
學會與自然共舞？人類雖號稱為萬物之靈，但並無權利主宰自然，
再看他〈十二樓頂所見〉對於工業化造成環境污染的指控：

> 以為窄窄的電梯
> 可以通往淨土
> 沒想到嘈雜依舊
> 灰黯依然
>
> 不愛洗臉的都市
> 扳著破碎的面孔
> 覆蓋著天大的灰帽
> 仍然無法遮醜
> 帽徽是亮麗的
> 但俯視陽光的河流
> 烏賊卻不時排放煙霧
> 不遠處的巨人

更大口大口地猛抽雪茄

天線上的灰鴿看了

也無奈地振翅

而去

（可憐的鴿子

牠終須歸來）（《母親的手》，頁89）

　　古人登高望遠，視野的開闊引發無限感慨，心靈的澄靜予人生命重要的沉澱。電梯是工業化的產物，搭上它，擁擠冷漠的它，還能以為即將通往城市中的桃花源？事實上不然，登高後，與期待落空，映入眼簾的、流入耳際的仍舊是甩不開的嘈雜與灰黯，「黯」字除了說明天空的污染，也說明瞭作者的心境，因為登高一望人類的破壞更加清晰可見，詩人並將自己的心境投射在自然，產生移情作用，大廈取代美景，扳著破碎面孔的除了都市天空應該也是詩人自己。「烏賊卻不時排放煙霧／不遠處的巨人／更大口大口地猛抽雪茄」，其中「更大口大口地猛抽雪茄」更是點出人類竭盡所能、無所不用其極、上了癮似地污染台灣這片原為福爾摩沙的淨土，「帽徽是亮麗的」，呼應「天大的灰帽」，太陽的亮麗與天空灰濛濛形成強烈對比，更顯現此詩色調的黯淡，烏、灰色系渲染全詩，

讓人感受到心情的沉重，以及人類黯淡的未來，灰鴿的無奈也是詩
人心情的投射。

又如他在〈愛河〉一詩中表現他對愛河的疼惜：

血濃於水的是
深深深深的
愛

然則，伴著我成長的
是母親愛的乳汁愛的血液
恆流動著動人的樂章

上游是山，下游是海
中游是壯麗的港都
所有的子民都願投入
你最柔情的懷抱
或追逐嬉戲，或攜手漫步
或泛舟垂釣

然而，曾幾何時
有人汙衊了你玷辱了你
他們假借文明的手
奪去你的清白芬芳

　　愛河是高雄文明的起源，也是先民賴以維生的命脈，擁有最美
的名字也號稱為高雄的母親，用他「深深深深的／愛」澆灌著土
地，給予人民生存的能量，連用四個「深」呼應「血濃於水」的
愛，表露愛河無怨無悔的付出，但力道之深也暗示子孫回報的方式
將形成強烈對比。愛河主流全長16公里，發源於高雄縣仁武鄉，流
經高雄市區11公里，注入高雄港，為高雄主要河川及排水動脈，因
此作者說「上游是山，下游是海／中游是壯麗的港都／所有的子民
都願投入你最柔情的懷抱」。早期的愛河是一個風光明媚、水清如
鏡、漁產豐饒的遊覽勝地，遊客隨手用畚箕就可以撈起一堆魚蝦，
情侶恣意漫步河岸，因此不管「追逐嬉戲」、「攜手漫步」、「泛
舟垂釣」，都是作者記憶中愛河邊美麗的美景人情畫。但民國50年
代後，逐漸因外來人口的大量移入，工廠林立，每日大量的家庭污
水及事業廢水排入愛河之中，早已超過河川自淨的承載量，因而變
得惡臭四溢，魚蝦絕跡，過往行人掩鼻而逃的窘境，愛河變成高雄

毒瘤，人們開始視而不見，作者身為在地詩人，對於在地美的事物
的消失感到心痛，用心疼又悲憤的語氣寫著「有人汙衊了你玷辱了
你」，指控「有人」讓愛河變了樣，而這人可能是你，可能是我，
可能是任何一個人。身為高雄之母的愛河只能任由子孫糟蹋侵虐，
用漂亮的藉口強勢奪走自己的清白與芬芳卻無力反抗。這也是台灣
從農村社會走入工業社會的陣痛期，詩人賦予愛河鮮明的生命力，
試圖點醒在這塊土地上所有的人民，期待人類在物我之間能學會相
互尊重與感恩，

> 然則，血濃於水的是
> 深深深深的
> 愛
>
> 呵我鍾愛的子民
> 且把湛藍還給大海還給天空
> 把殷紅還給血管還給心臟
> 把芬芳還給大地還給山河（《影子》，頁53）

　　向陽〈秋分〉：「給我一塊土地／黃澄的稻穗／掃出晴藍的天
／鮮紅的楓葉／喚醒翠綠的山／給我一塊土地／清水漾盪在河中／

白雲徘徊到窗前，給我這個夢／夢中的夢想昨天已被實現」，緊接著第二節話鋒一轉「給我一塊土地／黑濁的廢水／養肥腥臭的魚／灰茫的毒氣／充實迷路的雲／給我一塊土地／稻穗蛻變成煙囪／森林精簡為廠棚／給我這個夢／夢中的夢想明天將會完成」[7]美景成為過去，廢水、烏雲、毒氣在身邊繚繞，天空湛藍不再，山河變色，詩人都擁有相同沉痛的呼籲。人與物是一種相互倚存的關係，我們只是扮演經營者或管理者的角色，而不是利用或消費大自然，更不是隨便破壞或宰制自然界的主人翁，自然界按照自身存在的法則與規律不斷運行，有計畫、有秩序的提供我們賴以生存的原料，我們也應當「調整自身物化的腳步，多效法自然界本身隱含的沉穩、積蓄能量和潛勢的美德：具潛伏力、豐腴力、施予力、修復力，以及美化萬有（包括：人心）的能力。」[8]愛河將不悲不怨的繼續流下去，展現他的沉穩、展現他的施予力、修復力，而人類是否警醒，人心是否能接受他的美化？作為一位詩人，雨弦用他善感的心、敏銳的眼，注視他所生長的土地，提出觀察與省思，試圖透過詩來批判現實，提醒大家對生態環境的關心。

「好鳥枝頭亦朋友，落花水面皆文章」，大自然能夠滌盡俗慮，淨化人心，在人口膨脹，空間日蹙的文明世界裡，都市的人們

7　向陽，《四季》，台北：漢藝色研，1986年，頁82。

8　陳俊輝，《生命思想vs.生命意義》，台北：揚智文化，2003年，頁127。

對於綠資源的需求日漸殷切，自然界的花香鳥語，山光水色，令人心曠神怡，對人類知性與感性的生活皆有助益，寫生死詩的雨弦深諳自然萬物對人類的重要，在〈文明病〉中寫著：

久住都市的我
患了一種疾病
打針吃藥無效
問卜求神無效
只有去到深山的大醫院
才能治癒

那裡沒有醫生沒有護士
只有大自然的病房
看朝陽看落日
看裊裊升起的孤煙
聽鳥的啁啾蟲的吟唱
風在林中走動的聲音
便是我整個治病的過程

然後下山來

又是一個健康的我（《影子》，頁49）

　　天地有大美而不言，台灣面積雖小，卻因地理位置特殊，而擁有亞熱帶溫和多雨的氣候，以及高山急流與起伏多變的地形。氣候與地形因素的複雜交錯，形成了多樣化的生態系，使得島上孕育豐富的動植物。隨著交通的發達、都市的發展，文明病愈多，經濟繁榮使這一代人享有前所未有的富裕物質生活，但是因為社會環境、工作形態及生活方式的變化，所造成現代人的「忙、茫、盲」，因而產生的壓力增大、睡眠不足、過度吸菸、飲食不正常、生活不規則等問題也對健康帶來莫大的衝擊，導致的疾病慢性化和固定化也成為文明人揮之不去的夢魘！

　　農村到都市後，都市在心靈中的深刻印象不是燈紅酒綠的繁華，而是巨大的噪音、窒息的廢氣和惡臭的垃圾，加上現代人緊張的生活、過大的壓力，接踵而來的便是一堆說不出名稱的文明病，甚至讓自己情緒失控，或是過份壓抑，又找不到抒發管道，莎士比亞曾對生命的嘲諷：充滿了聲音和狂熱，裏面空無一物，這或許就是文明病的主因。久住都市的過來人雨弦介紹了一個不用花錢的療癒方式，給四處打針吃藥、問神求卜的現代人一帖良方，那就是去

到「深山的大醫院」。這個醫院的特色就是沒有醫生把脈問診，也沒有護士掛號打針，只需徜徉在大塊自然中，聽泉水泠泠、風聲蕭蕭、鳥聲啾啾、蟲聲唧唧，聆聽大地的驚蟄之聲，享受天然的土地、草地、木頭、石頭釋放的負離子，「赤足走過砂礫與岩石，越過沼澤與泥土；身體在樹葉之間擦身而過，受雨水的沖激與洗滌；陽光撫摸著皮膚，涼夜冷過脊柱。這些都與坐在咖啡室裡，用嘴吸著塑膠管灌注的紅茶或瞇起眼看著鄰座的紳士淑女，或從音箱傳來電子放大的樂聲，有著截然不同的理解。」[9]在曠野中，人與自然的韻律一起呼吸，不必注意太多事物，就如徐志摩所說，可以縱容自己滿腮苔癬和一頭蓬草，穿最適意的鞋子，閒暇地鑑賞山中美景，給自己半日的自由，心凝神釋，與萬化冥合，遠離雜務，看見真我，這便是治癒文明病的過程，因為人與自然原本即是親和的關係，也是不可分割的整體，就像是回到母親懷中一般，精神豁達了，能量補充了，下山後，「又是一個健康的我」。〈過太麻里〉也遙相呼應：

　　都市的遊子，貪婪地
　　吸吮著大地的乳房

---

[9]　余德慧，《生死無盡》，台北：張老師，1997年，頁80。

　　哺育出的

　　母親一樣的釋迦一樣的萱草

　　閱聽著水藍藍的腹

　　不住的歌唱，因而

　　忘了下山的路（《雨弦詩選》，頁156）

　　土地是我們共同的母親，大地對土地上人民的包容，就像母親般無私的付出。台灣經濟快速起飛，從農業社會轉型至工商業社會，人口蜂擁往都市集中，物質的文明、社會的變遷造成許多土地的改變，忙碌的生活讓我們遺忘了與大自然豐盈的互動，然而大地──我們的母親，始終敞開溫暖的臂彎，等著我們投入他的懷抱，等著離鄉背井的遊子們回來享受純真質樸的價值，放下虛妄現實，反璞歸真，台東──台灣的後山，青山綠水，盛產釋迦、萱草的淨地，成了功利主義下的一片淨土，徜徉在大自然中，讓人減緩陷溺、沉迷的深度與迷失的速度，令人淡泊名利、流連忘返，斬除人世的機巧，「鳶飛戾天者，望峰息心；經綸世務者，窺谷忘反」，人總是在原始的自然風貌前舒服的發抖，因為自然給了我們一切的滿足，當我們偶然與自然相遇，離開人造的文明，靈魂好似聽到召喚而蠢蠢欲動。置身美景可以肆無忌憚、貪婪無礙地呼吸，這氣息帶著水氣與花香，呼吸就是最大的愉快，無拘無束地停、看、聽，隨著自然的韻律起舞、歌唱，被

大自然樸實無華、溫柔蘊藉的真實力量所征服，「不住的歌唱」是水聲，是自己的歌聲，交響成天籟之音，「忘了下山的路」，或許是山重水複，一路被吸引上山，真的忘了記下回程的路而迷路，更或許是順服著靈山秀水的牽引，已經陶醉其中，渾然忘我，無意返家，無意返回那充滿喧鬧心機的人工世界，任由歌聲沐浴四肢。結尾的灑脫不羈，餘韻無窮，自由的歌聲還在迴盪……。

在〈向日葵的生死學〉一詩中，他也對自然界寫出他的讚頌：

　　太陽、愛、死亡
　　我們無法正視

　　太陽過於刺眼，使得我們無法張目對日，它象徵的是希望、生命，然而人類不願直視，而，愛，是生命重要的元素，滋潤人生，但他背後的責任卻也讓許多人逃之夭夭，死亡更是一團恐懼在眼前，令人望之卻步，「太陽、愛、死亡」，其實就是整個人生從生到死的過程，但詩人說我們沒有一樣是可以認真去面對去正視的。相較於抬頭挺胸昂首向上的向日葵，人類略遜一籌：

　　你們在曠野
　　瞬著千萬隻眼睛

擁抱太陽，擁抱愛

擁抱死亡

而我們

就頹廢多了（《蘋果之傷》，頁88）

　　此詩借物說理，借向日葵「擁抱太陽，擁抱愛／擁抱死亡」的昂揚精神對比人類的頹廢消極。「瞬著千萬隻眼睛」有數大便是美的壯美，向日葵珍惜當下，用熱情擁抱生命，在曠野杳無人跡之處，依然做自己，慷慨激昂地展現自己生命的價值，身為一朵花就極力地綻放，哪怕花期短暫，也要展現無入而不自得的襟懷，而國內開始正視生死，並提出理論則要屬傅偉勳教授，他參考國外的死亡學，提出現代生死學的理論，使生死學成為一門學科，讓生死議題一時之間成為關注的焦點，生死學在二十一世紀逐漸躍升為主角，在這之前，或許就如詩人所說，能慷慨激昂陳述生死學的，莫過於向日葵了，此處也有借物喻己的況味，雨弦是寫生死詩的先驅，他在生死的窗口寫下自己的體悟，能用詩歌積極面對生死議題的，也非他莫屬了。

三、老齡關懷

　　世界衛生組織界定65歲以上的老年人口占全部人口比例超過7%
為高齡化社會或高齡化國家，而由於經濟發達、醫療科技的進步與衛
生環境的改善、營養的充分供應，高齡化社會已經是進步國家的必然
現象。而根據內政部統計處的資料顯示，我國自82年起邁入高齡化社
會以來，65歲以上老人所占比例持續攀升，98年底已達10.6%，因此
老人福利與醫療安養的推動更是刻不容緩。每個人都會老，老化是死
亡的前奏，學會接受死亡前要先學會接受老去，許多詩歌所讚頌的是
耀眼的青春，但雨弦以他在仁愛之家的工作經驗寫出老人的豐腴、
成熟，如梁遇春〈途中〉所說：「我們從搖籃到墳墓也不過是一條
道路，當我們正寢以前，我們可說是老在途中。途中自然有許多的苦
辛，然而四圍的風光和同路的旅人都是極有趣的，值得我們跋涉這程
路來細細鑑賞。」[10]老人生命歷練的豐富無可取代，能細細鑑賞之人
方能體嘗之中的美感，以〈向晚〉一詩為例：

> 老人院的黃昏
> 麻雀在爭吵
> 美，或者不美

---

[10]　梁遇春撰、秦賢次編，《梁遇春散文集》，台北：洪範，1979年，頁125。

> 我拿起畫筆
>
> 在畫冊上
>
> 塗彩霞滿天（《蘋果之傷》，頁95）

　　文學中講到老人多半是孤獨、邋遢的形象，一般人也對老人存
有眼神呆滯、動作遲緩、言辭不清、思緒混亂等刻板印象，但是詩
人在老人院期間所看到的老人多半慈祥、和藹，和一般人一樣真誠
互待。審美觀因人而異，晚霞美或不美見仁見智，詩人在首節以旁
觀者立場看待這場爭論，未明確給予答案，但第二節筆鋒一轉，迅
速而果斷的拿起畫筆塗滿彩霞，詩人的答案不言而喻，頗有「夕陽
無限好，何妨近黃昏」之意。美好的事物，何必侷限於時間的開始
或結束？另一首〈當我年老〉更是以老為傲：

> 幾十年歲月才能成就的
>
> 白髮與皺紋
>
> 我慢慢地熬，慢慢地熬
>
> 總有一天，總有一天啊
>
> 我將以最美的詩篇
>
> 向我的子孫們朗誦

　　白髮是榮耀的冠冕

　　皺紋是奉獻的沉澱（《蘋果之傷》，頁94）

　　白髮是智慧的冠冕，皺紋是經驗的沉澱，白髮與皺紋象徵的是一生的奉獻，幾十年歲月才能累積的榮耀並非一蹴可成，也不是乳臭未乾的年輕人所能體驗，足夠的資歷，豐富的人生才能成就每一根白髮與每一條細紋，由黑漸白，平整到皺摺，細細品味，裡面多少奧秘，多少故事！接受自己老了是人生很重要的關鍵，多少人不願自己老去，染髮、拉皮手術一一出籠，以證明自己並未年華老去，但詩人卻以「我慢慢地熬，慢慢地熬」來表達自己多想達到「老」的目標，相信總有一天自己總能熬出頭，熬到老！對於老並不排斥，甚至感覺這等待太漫長，對於老竟是充滿期待。事實證明，每一個人都會老，這是無法改變的定律，從年輕到老不曉得捱過多少風雨，熬過多少霜雪，然痛苦會過去，美會留下來，詩人說，最後白髮與皺紋交織而成的，必是最美的詩篇，他要朗讀，他要分享，他要告訴子孫這最動人的篇章是如何成就，因為，在他眼中，老的意義還包含最重要的「傳承」。聖經說「白髮是榮耀的冠冕。」（聖經／箴言十六：31），家有一老如有一寶，本詩以「美」字貫穿全文，顛覆一般人對於老的印象——雞皮鶴髮、風燭殘年，詩人因為曾經深入了解老人，所以在尚未成為老者時就能看

見老人獨有的美，這世界並不缺乏美，缺乏的是發現，老人的世界
也是如此。

　　然而，老人一直是社會中的弱勢族群，在仁愛之家，雨弦看到
許多生命的起落，聽見許多的感嘆，並以一個實務者的角色，用詩
歌表露他的關懷，期待喚醒人們傾聽角落裡即將殞落的生命悲嘆，
如〈落日心情〉：

　　　那年冬天
　　　我來到山中，那古屋
　　　暗黑的房裡
　　　油燈的光影搖晃著

　　　孤獨的老人醒來
　　　兩口井汲不出一滴水
　　　想握握他的手
　　　卻握住兩根柴火
　　　想聽聽他的心
　　　卻聽到一聲聲
　　　倦了，倦了

　　步出房門，驀然撞見

　　一輪落日，正緩緩

　　隱沒（《籠中無鳥》，頁56）

　　「冬天」、「古屋」、「暗黑」，一開始以寒冷而黯淡的色調凸顯出孤寂的氛圍，沒有溫暖的火爐，只有岌岌可危的油燈光影搖晃，不知睡了多久的孤獨老人醒來，難得有客，「醒」之前是「睡」，外頭寒冷他耐不住，城市的喧嘩也不是他的地盤，只能孤單單的守著古屋，乏人照料，看著自己日漸凋零，「兩口井汲不出一滴水」，暗示軀體的乾瘦，「想握握他的手／卻握住兩根柴火」，這是一種令人震撼的比喻，「柴火」兩字雖是誇飾卻也離寫實不遠，年輕人的睡眠是補充體力，但這裡呈現的老人，睡眠是消耗時間，睡到讓他疲累，難得有人聆聽他的心，卻是一聲聲「倦了，倦了」，迴盪在冬天房內封閉的空氣中，讓好奇欲一聽究竟的讀者也聞之鼻酸。人生到此，無所眷戀，獨自一人，只剩呼吸，微弱的聲息預告一個生命悄悄的結束，如同日頭又落下般的平淡無奇。「養兒防老」是一般人生養小孩最基本的期待，但雨弦用他的詩淡淡卻深刻的點出社會問題，這些孤獨的老人終年不見兒女探訪，或許他們對兒女們只有寬恕沒有怨恨，但也沒有期待與希望，

只剩自己一人在日暮黃昏時靜靜流淚，靜靜離世。看他的〈老人院所見〉，寫他與老人朝夕相處的情感與不捨：

> 閻爺特別眷顧老人院
> 尤其愛在冬季
> 帶了老人隨寒流而去
>
> 昨夜祂又來了
> 帶走一位老爸爸
> 這已是入冬以來第四位
> 我的淚已乾，心隱隱作痛
>
> 閻爺啊，我求求祢
> 能不能鬆鬆手
> 少來一趟，這樣的約會（《因為一首詩》，頁145）

這一首詩俏皮中帶有無奈，「特別眷顧」是特別待遇，但對象是「閻爺」可就不敢恭維，然而老人院的老人們的確是閻爺物色夥伴的好地方，在凜冽的冬夜，帶著抵抗力不足、氣息薄弱的老人們離開人世可說是不費吹灰之力。「冬季」、「寒流」暗示氣氛的冷

蕭，何況「這已是入冬以來第四位」，一位一位接力離開，更令人氣結的是，閻爺總是可以「毫不費力地帶走一位／老爸爸」，帶走的都是他人的至親，短短三字「老爸爸」，背後卻有多少離別之痛？而詩人在此工作，也早已把他們當成自己的父母，眼睜睜的看著朝夕相處的「父母們」相繼離世，淚已哭乾，心痛無法言喻，閻羅王冬夜的約會，詩人想必早就習以為常，求著閻爺是否能網開一面鬆鬆手，少來幾趟這樣的約會，或許死亡是無法逃避，但是否可以不要如此頻繁？

　　人在晚年的危機與發展任務便是懊惱與遺憾的克服，銀髮族大都經歷過人生的巨浪風霜，親人的關心是讓他們走向統整而豐富人生的關鍵，但銀髮族的憂鬱及遭到遺棄在社會屢見不鮮，西洋老歌「親愛我已漸年老，白髮如霜銀光耀，可嘆人聲比朝露」，眼前的老人就如往後的自己，關懷老人就是關懷以後的自己，高齡社會裡老人身心安頓的需求不應被輕忽。用同樣老齡關懷的角度，在〈獨居老人〉一詩，雨弦以更深刻的力道表達出老人的孤獨：

　　　黃昏的海上一人獨自漂流（《用這樣的距離讀你》，頁4）

　　詩人借用單行的孤詩，表現老人孤獨無依的寂寞徬徨，閱讀這首詩猶如看見一艘船孤零零漂流於大海，載浮載沉獨向黃昏而去，「夕陽無限好，只是近黃昏」，面對時間的流逝，肉體的衰老，獨

居老人左右無恃，付出大半輩子卻晚景淒涼，讀來令人鼻酸，人生有如海波浪，隨波逐流，浮沉於世，下一站又將停靠何處？哪裡是獨居老人最後的港灣？

　　獨居老人是社會問題中很重要的一環，身形佝僂的他們，是需要經濟、醫療、及心靈陪伴等各方面資源的弱勢族群，但年邁的長者卻也往往是受到鄙棄與忽視的一群，例如社會的一角〈拾荒老人〉：

> **枯枝般骨頭般的**
>
> **雙手啊**
>
> 翻尋復翻尋
>
> 他早年遺落了的
>
> 愛？（《母親的手》，頁76）

　　外表的不討喜，往往讓老者年輕時的奉獻瞬間被抹煞，價值觀的差異，往往讓她們背負著固執、代溝的污名化。本詩第一句馬上帶給讀者震撼，如枯枝般脆弱易折的雙手，是營養不良的結果，沒有得到妥善照顧，只能倚賴拾荒過活的結果，那一雙皮包骨的雙手，多半曾為國家社會、為兒為女打拚，胼手胝足犧牲奔波，如今只能在廢棄堆中「翻尋復翻尋」，費力地，一次又一次的尋找，似

乎機會渺茫卻又不願放棄的尋找對象是──「他早年遺落了的／
愛？」人生最痛苦的感覺是孤單，孤單是一種關係的疏離與淡薄，
詩人用「愛」一個字獨立在末行，顯現愛的遺落，再輔以問號，強
化其落寞，究竟是他遺落了愛，抑或者是愛遺落了他？

　　而相較於〈向晚〉一詩對夕陽西下彩霞力與美的表達，〈老人
院〉一詩的情緒則顯得無奈：

　　　　影子，影子，影子
　　　　影子，影子，影子

　　　　緩緩移動著
　　　　西天的彩霞
　　　　我無法
　　　　挽回（《生命的窗口》，頁36）

　　第一節以兩行六個影子寫下老人院裡四處活動的老人腳步，一
個挨著一個，腳步拖長而沉重，丁旭輝說：「而在背後更深刻的暗
示則是：整段詩中只看到影子而看不到人。」[11]影子是藉由陽光而

---

[11]　丁旭輝，《淺出深入話新詩》，台北：爾雅，2006年，頁128。

存在，一旦最後的陽光消失，那麼影子也將隨之消失得無影無蹤，影子是地上的黑影，受人踐踏遭人忽略，老人院裡到處是這樣的黑影，數量雖多，卻是每一個獨立的虛幻，他們的存在必須憑藉他人的照顧，就如同在一隅的黑影需要陽光的存留，他們期待挽留下陽光，好讓影子繼續存在，但是不可能，即便西天的彩霞是緩緩移動，他們也無能為力去阻止他的離開，最後只好留下「我無法／挽回」的無奈與悲嘆。

在老人院裡密密麻麻的影子中，看見時間一步步吞噬自己，自己的生命終有一天會消失，詩中的「我」是作者、是老人，也是我們每一個人，留不住時這是老人們最大的恐懼也是每一個人的恐懼，整首詩看似平靜沉緩，但卻是悲愴洶湧，因為面對生命的盡頭，無法挽回的除了時間，恐怕還有更多一湧而上的回憶，想抓住卻已經措手不及，就如同詩句的安排，由長而短，光度遞減，令人有無力回天之感，在一旁看盡老人哀樂的詩人，也無能為力。

第二節　死的體悟

本節試就雨弦生死詩中喪親之痛、殯葬哲思、祭亡晌想及幽幻鬼魂四方面加以探究。

一、喪親之痛

周作人在〈死之默想〉中把怕死的原因大約分為三項，一是怕死時的苦痛，二是捨不得人世的快樂，三是顧慮家族。[12]因為有所留戀，有所顧忌，因此常人怕死，面對親友的死亡也會有拒絕接受的防衛機轉出現，如方令孺在〈悼瑋德〉中寫到自己面對親人的心情：「這樣一個生龍活虎一般的人，會從此腐了，爛了，永遠沉寂了嗎？我認為這件事是假的。」[13]一般人對於人生無常的體悟往往來自於面對周遭親人的死亡，雨弦在他的現代詩中，時常流露對父母的思念，感情真摯，令人感同身受。一九八六年雨弦母親辭世，他相繼寫下數首懷母之作，例如〈母親的手〉：

> 六月，凜冽的回歸線上
> 陽光倏爾在半空
> 斷了絃，我們
> 便進入一個前所未有的
> 黑暗時代

---

[12] 楊牧編，《周作人文選》，台北：洪範，1983年，頁16-17。
[13] 楊牧編，《現代中國散文選》，台北：洪範，1981年，頁139。

　　作者故鄉在嘉義，六月的嘉義理當陽光普照，理當酷熱難耐，
但詩人用「凜冽」、「黑暗」的主觀字眼表達心中驚恐與無助的情
緒，與外界的溫暖生氣做強烈對比，失去了母親，在回歸線經過的
故鄉裡，只剩下黑暗，即便是再刺眼的陽光，也和自己斷絕了！
「倏爾」、「斷了絃」，強烈刻畫出母親驟逝的措手不及。

　　　我來不及抓住

　　　那雙溫暖的手

　　　上帝說，他已散放盡

　　　所有的光與熱

　　　而此刻，我卻無能

　　　回她絲絲的微溫

　　　只能

　　　緊握那雙結繭而冰冷的

　　　手

　　　在世界之外（《生命的窗口》，頁80）

　　母親恩情昊天罔極，母親一生盡己所能的發光發熱保護軟弱的
孩子，尤其在生命中的冬天時，給足母愛的溫暖，免去孩子的顫
抖，面對母親突然撒手人寰，想要回報以「絲絲的微溫」都來不

及，子欲養而親不待的悔恨躍然紙上，現在只能做的是握住那雙已經釋盡光和熱給子女的手，只能握住那雙結繭的手，母親一生含辛茹苦，胼手胝足，看似能握住的手，詩人利用「手」的單字成行，給人孤絕之感，也表示母親的手已經在「世界之外」，再也掌握不了。字數長短相間的效果配合情感的起伏，「無盡的悔恨，彷彿連綿不絕的波紋伏下又起，伏下又起……」[14]而這樣悲傷的情緒也在〈六月很冷〉中看見：

> 六月的南方，很冷
> 比冰島還冷，**我的心**
> **是一座小小的城**
> 被一場遽雪淹沒
>
> 淹沒淹沒淹沒
>
> 寸草枯萎了，千鳥也絕
> 冷啊，我的母親
> 您也冷嗎？您的血壓

---

[14] 林水福，〈從一池殘荷到六月很冷〉，《生命的窗口》，高雄：春暉，2009年，頁16。

再也不會升高了，我的心

已降到冰點，冰點以下

是無法超越的

死亡

六月的南方，很冷（《生命的窗口》，頁78）

　　六月的南方何以比冰島還冷？因為心城下了一場突如其來的暴風雪，「遽雪」的「遽」字，表達事情來的突然，無力招架，措手不及，只能任由大雪不斷的淹沒，利用類疊給人大雪鋪天蓋地的下的形象感，利用「淹沒淹沒淹沒」的單獨成行，表示自己與外界的隔絕，即便六月的南方應當是綠草如茵，鳥語花香，生機蓬勃，但在自己眼中看到的是「寸草枯萎了，千鳥也絕」，哀莫大於心死，失去母親，一切都顯得孤寂無味，自然恆常不變，但人生的無常確是叫人難以承受！「冷啊，我的母親／您也冷嗎？」利用設問製造對話，母親的身體沒有血壓沒有熱度，自己的心則是降到了冰點，心寒麻木，因為面對的是任何一個常人都無法左右的死亡，「已降到冰點，冰點以下」利用頂真給人緊湊的節奏，「是無法超越的／死亡」在「死亡」時換行，稍作停頓，顯示它的無法跨越，線是在死亡前，人人束手無策。

　　全詩無能為力的挫折，喪母的悲痛，聞者鼻酸，感染力十足。
最後以「六月的南方，很冷」作結，前後呼應，餘韻不絕……。

　　〈墓碑〉一詩則是看著冷冰冰的碑石上刻著熟悉的母親的名
字，久久無法自己：

　　　　燙金的名字

　　　　從大理石跳出

　　　　把我的眼擊傷

　　　　淚流不止

　　　　把我的心擊碎

　　　　血泣如注

　　　　母親啊

　　　　您在何方？（《生命的窗口》，頁82）

　　慎終追遠是傳統習俗，墳墓是子孫與先人精神連結的象徵，墓
碑上刻有死者之名以標明墓地的身分歸屬。籌備喪禮的過程往往繁瑣
忙碌，在第一時間的悲痛後，緊接而來是一層層的程序，直到忙碌結
束，親人入土為安，真正的孤單才正要開始如狂潮襲來！此時詩人來
到母親墓前，一時之間似乎無法習慣，無法接受母親的名字活生生刻

在冷冰冰的墓碑上，瞬間的衝擊讓他不住的流淚，令他想起母親真已不在人世的事實。面對母親的墳，頓失所怙的感傷令他悲從中來，忍不住呼喚母親，真摯的情感與寫實的感受，極富感染力。

〈時間之傷——焚寄母親〉寫時間不斷遞進，自己和母親也隨著世事不斷變化，不變的是母子深情：

> 小時候
> 我在你身邊
> 慢慢地長大
> 不懂時間的意義
>
> 長大後
> 我離開了你
> 每過一個母親節
> 看你慢慢地老去
>
> 後來
> 你離開了我們
> 每過一個清明節
> 看自己慢慢地老去

而未來呢

或許，我將回到你身邊

慢慢地長大

然而，時間的意義呢？（《生命的窗口》，頁86）

　　子曰：「逝者如斯夫，不舍晝夜。」時間就如流水，不曾為誰停留，也不曾回頭。這是一首結構嚴謹的詩，從實到虛，從年幼到衰老。小時候是我們催著時間跑，不懂人間疾苦只想長大獨立自主，等到長大後，我們要求時間放慢腳步，然而光陰似箭讓人追得好辛苦。小時候依偎在母親身邊，無憂無慮，感覺不到時間的威脅性，離鄉背井成家立業後，每當母親節久久見到母親一次，驚愕卻也習慣母親的老去，後來母親不在人間，「每過一個清明節／看自己慢慢地老去」，每次掃墓時，回憶過去母子相處點滴，也感受到歲月不饒人，時間令人心傷，輪到自己漸漸老去，宇宙生命一棒接一棒誕生，也一棒接一棒凋零。最後一節，詩人表達出自己的孺慕之情，「或許，我將回到你身邊／慢慢地長大」，母親是自己一生中最渴望的臂彎，是否將來又能成為孩子，繼續依偎在母親身旁無止盡的成長？
　　〈一口井──懷母親〉以母親之名悼念母親：

那時，在鄉下的我們
不懂什麼自來水
什麼水污染

是阿母，你的名字
一口井
養活我們

我們以繩索探索
愛的深度
你輕脆回答，且注滿甘泉
我以扁擔挑回
倒入水缸

而你，總在太陽出來前
浣去我們一身污穢
用最傳統的肥皂
近似我們的膚色

想起阿母，那口井

純淨而甘美

想起年幼的我們

吸吮愛的乳汁

只是，阿母

那口井，早已被

埋葬（《生命的窗口》，頁88）

　　井，是古代人汲取水源、賴以為生之物，而雨弦的母親名為林井，這首詩以雙關點出「井」的付出奉獻與功成身退，「是阿母，你的名字／一口井／養活我們」，這一口井，以甘泉滋養，成為孩子成長不可或缺的一部分，以他潔淨的水質，一次次洗去孩子滿身髒汙，無怨無悔豐富兒女的生命，但思念總在失去後，最後以簡短的分句結尾，「只是，阿母／那口井，早已被／埋葬」，可讀成一句卻又分成三句，斷中有續續中有斷，就如同對母親的感情般剪不斷，最後埋葬兩字鏗鏘有力，十足震撼，曾經扮演重要角色的「井」已成過去式，布局手法一路從溫馨急降到淒涼，希望到絕望，讓人鼻酸。

　　相對於懷母之作，雨弦詩作中懷父之作數量顯得較少，這或許源於小時候與父親的相處時間較少，父子之間的感情往往也不擅表

達，但是在〈出境〉這首詩中，卻可以了解身為兒子心中對父親澎湃的情感：

> 持著醫院護照
>
> 爸要出國去旅行
>
> 一個叫天國的地方
>
> 今天黃道吉日
>
> 航空站擠滿了人
>
> 我們都來送行
>
> 而爸已進入他專機
>
> 閉目養神

　　醫院護照就是醫院開立的死亡證明，選定出發的黃道「吉日」就是出殯的日子，航空站擠滿送行的人意即許多親朋好友前來送終，送父親最後一程，旅行目的地是天國，所以父親必須進入「專機」——棺材，這是一架專屬自己的飛機，獨一無二，而為了旅程作準備必須「閉目養神」，感覺父親這趟旅行並無後顧之憂，可以放心而安靜地離開。詩人以「出國去旅行」呈現父親的逝世，是很巧妙的比喻，旅行是很喜悅的事，看似已沖淡生離死別的苦痛，但是看著父親就此遠去，悲傷的情緒依然無法抑制：

> 我們哭過，痛快地
> 哭過，可是
> 爸依然不肯出來
> 想起以前種種
> 爸對我們的好
> 又任苦澀的淚水
> 淹沒自己

「爸依然不肯出來」，這趟旅行父親似乎執意要去，似乎是跟上帝約好了，所以盡完責任就離開，事實上也非去不可，「我們哭過，痛快地／哭過」一次次的哭泣也喚不回父親，這裡也強烈表達作者不願接受父親逝世的事實，越想越難過，回憶湧現，想起從小到大父親一路的栽培、教育與關愛，眼淚再次簌簌流下，無法克制地讓苦澀的淚水淹沒自己，悲傷如狂潮襲來，只能在苦海中掙扎，無所適從。

> 專機即將啟程
> 爸，珍重吧
> 記得去找我媽

等著您們，一起

回到我的夢境裡來（《出境》，頁172）

　　專機終究要起飛，送別的詩人再不捨都得說聲「爸，珍重吧」，「記得去找我媽」蘊含兩種情緒，欣慰的是父母終於可以再聚首，惆悵的是，再次想起母親，想起此後雙親皆不在，更是悲從中來，他在〈賣春・捲〉中也提到：「步入中年的我／爸媽已不在身邊／最怕是春寒／雨就紛紛落下來」[15]，吃春捲是清明節的傳統習俗，清明是慎終追遠之日也是勾起思念之日，「清明時節雨紛紛，路上行人欲斷魂」，春寒料峭時細雨紛紛，此時落下的是雨是淚，已經無法分辨。〈出境〉寫於1993年，雖然此時的詩人已經步入中年，但每個人不管幾歲，在父母面前永遠是個孩子，頓覺孤單的他，向父親約定，一定要帶著媽媽，來到夢裡相聚，雖然虛幻，但卻是一償相思最好的解決方法。

　　「逝者已矣，生者何堪」，喪親之痛可以說是生命中難以承受的痛苦之一，是每個人體驗生死最貼近也最深刻的感受，雨弦寫出他的哀傷同時，也撫慰了許多經歷喪親之痛的讀者心靈，因為一個很重要的人去世了，活著的人往往都會經歷一段正常卻十分痛苦、失落的過程，雨弦的懷母懷父之作讀來讓人心有戚戚焉。「生」帶

---

[15]　雨弦，《出境》，高雄：縣立文化中心，1997年，頁170。

給人們希望與喜樂，「死」卻帶來失落和分離的傷痛，雨弦藉由詩
作哀悼父母的離世，同時也發揮了悲傷輔導的功效。

二、殯葬哲思

雨弦曾擔任殯儀館館長，對於殯葬業務瞭若指掌，殯葬詩也成
為他的詩作最大特色，他觸及了許多人不敢觸及的議題，也有「近
水樓台先得月」的優勢，以下從一連串的詩作中看他在殯葬中所提
煉而出的生命哲思，例如〈終站〉：

　　付完一生的帳
　　走向不可知的未來

　　先到冷凍室再說吧
　　辛苦一輩子
　　也該歇歇了
　　突然
　　一陣騷動驚醒了我
　　原來是要沐浴、更衣
　　還真不習慣呢
　　不管了，但

請記得

今後我隻身在外

請多為我添衣物

再淡妝一番

也許，在另一個國度

正有迎新會等著

至於，盤纏

你知道

本是可有可無（《生命的窗口》，頁50）

　　生，不可抗拒，死，也不可挽留。生命是一個過程，這個過程充滿光澤。死亡不是終點，而是另一個旅程的開始。生，不過是忽然來了，死，不過是忽然去了，突破內外的枷鎖與人性的桎梏，使人從勞心勞力的重負中解脫出來，盡完一生的責任就如同「付完一生的帳」，「辛苦一輩子／也該歇歇了」，瞬間肩頭一輕，要面對的是死後不可知的世界，詩人以旅程來比喻這個過程，沒有同伴，隻身一人，充滿新奇，包括要人幫忙沐浴、更衣，心中充滿期待，叮嚀著要添加衣物、彩上淡妝，好參加另一國度的「迎新會」，因為結束也是一種新的開始。雨弦將殯殮過程用活潑俏皮的方式呈現，取代嚴肅與悲傷，至於旅費，「本是可有可無」也表現出他的

灑脫，畢竟錢乃身外之物，生不帶來死不帶去，尤其死後更加了解
榮華富貴的虛幻無常，有也好，無也罷，一切平常心！

〈殯儀館〉則寫人死後的人情冷暖：

巨大的黑影
籠罩著陰霾的天空
陽光與笑容
是被禁止入境的

禮堂外的花圈們
總是哭喪著臉
而冷凍室與火葬場之間
有人在泣血，有人在爭吵
有人在忙著拾舍利子

葬儀社的人來過又走了
弔唁的人也回去了
留下一地的
死
寂（《生命的窗口》，頁52）

　　「巨大的黑影／籠罩著陰霾的天空」龐大的黑影鋪天蓋地而來，天空的陰霾帶來山雨欲來風滿樓的不安與恐懼，不相容的陽光與笑容被謝絕進場，因為它們與殯儀館格格不入，只要來到這裡的人笑容都要收斂，不管是否真心真意，畢竟是種禮貌，就連布置禮堂的花圈也得不免俗地哭喪著臉，配合演出。詩人將前面的氣氛布置得很合宜，莊重而肅穆，不容玩笑，但讀者隨著筆者腳步進到殯儀館內卻是「有人在泣血，有人在爭吵／有人在忙著拾舍利子」亂成一團的場面，最後所有人都離開了，包括承辦業務的葬儀社人員走了，因為對於葬儀社的人來說，在喪禮中的金錢利益高過於情感價值，因此「來過又走了」表示只是例行公事的應付，絲毫不帶感情，包括參加公祭弔唁的人也回去了，各自回到生活的崗位上，館內瞬間歸為平靜，毫無人氣，留下的是一地的「死／寂」，呼應第一節的陰霾、陽光笑容禁止入境，首尾呼應。活著的人都走了，留下的都是死人，大家各自回到自己的社會網絡去，剩下在殯儀館的只有孤寂。〈殯儀館形色〉中更清楚的描寫平常白天館內實際狀況：

　　一群人忙著

　　從冷凍房，到化妝間

　　從奠禮堂，到火化場

　　有人忙著哭泣落淚

有人忙著行禮如儀

有人忙著入土為安

有人忙著火化升天

有人忙著暗算

那一筆不小的遺產

如何瓜分

好讓後半輩子

活得更痛快

一群人忙著（《生命的窗口》，頁54）

　　殯儀館裡的人形形色色，男女老幼，喜怒哀樂在當中翻攪。本詩前後呼應，從開始到結束，一群人一直忙著，忙著進行不同階段的儀式，「從冷凍房，到化妝間」，「從奠禮堂，到火化場」隨著程序往前走，地點一直更換，一群人就在殯儀館中奔波，包括死者也在其中。詩人連用五個「有人忙著」呈現忙中有序，忙碌的背後，各有各的打算，連用五個「有人忙著」表達出想趕快結束的意願，反諷喪禮中的一切只是例行公事，不哭不成體統，不行禮就不符合禮，死者也不得清閒，入殮化妝、忙著「火化升天」，喪禮中親人為了遺產爭吵、甚至對簿公堂，人性貪婪，物欲淹沒親情，不

勝唏噓。身為館長的雨弦親自為大眾揭開殯儀館館內的面紗，這是
一首嘲諷意味十足的詩。

〈殯儀館的化妝師〉則寫出人與鬼之別：

> 許是鬼比人可親
> 乃選擇面對死亡
> 面對一成不變的鬼臉
> 而人是善變的

人人都怕死，每個人也都怕死人，但是雨弦在殯儀館的體悟是
「鬼比人可親」，比起居心叵測，陰險奸詐的活人，鬼有時倒顯得
可愛善良多了，也因此聊齋裡的鬼魅反而比汲汲營營的人們更讓人
喜愛。雨弦看慣生死也對人生有所體悟，人死後僵硬蒼白的鬼臉，
一成不變，看似恐怖卻無需防備，相較之下，人卻是善變的動物，
因喜惡而變，心口可以不同調，表理可以不一，說變就變，捉摸不
定，認真說來，鬼還比人好相處，因此一般認為陰森悲愴的殯儀
館，在雨弦的眼裡卻可以是一個自在的小天地。

> 在陰冷而潮濕的角落
> 人寐著，鬼醒著

在寐與醒之間

死亡沒有選擇

而天堂和地獄呢

有沒有選擇

其實，鬼和人一樣可憐

面子總是要的

就最後一次吧

讓我好好的玩你

那張不再善變的

臉（《出境》，頁178）

　　此詩題為〈殯儀館的化妝師〉，一般民間對於死亡有很多禁忌，因此對於大體也是敬而遠之，許多行業也就因應這樣的需要而存在，亡者的化妝師責任就是讓死者的最後一面有面子。佛要金裝，人要衣裝，鬼呢？在世重視的外表儀容，死後也不能免，看似鬼也需要面子，其實也是操弄在愛面子的活人手裡，認為親人死後也不能太寒酸，人生前被面子束縛，為面子爭鬥，沒想到死後的面子也要顧，不得清閒，因此詩人說「鬼和人一樣可憐」。殯儀館的化妝師應該是帶著肅穆的心情工作，但這裡卻用「玩」，因為死後

這張臉不再善變，沒有任何意見，可以任人妝點，化死人或許還比化活人來得輕鬆有趣呢！對死人的妝點應當是一種禮的表現，是後代對死者的心意，但雨弦在這裡顛覆傳統，大膽地使用「玩臉」的動作意象，讓人反思這些禮儀形式的背後意義，以免過猶不及而不自知。

　　能面對死亡的雨弦，也有他獨特的死亡美學，看他的〈殯儀館的夜晚〉：

　　我獨自散步著

　　走過冷凍房，靜悄悄的
　　走過停棺室，靜悄悄的
　　走過奠禮堂，靜悄悄的
　　走過火化場，靜悄悄的

　　我獨自散步著

　　貓散步著
　　狗散步著
　　風從樹梢下來
　　散步著

我仰望星空

星子俯瞰著我

想起死的況味

可以很美的，就像今夜

我獨自散步著（《生命的窗口》，頁56）

　　本詩的主旨在於死亡也可以很美的！第二節雖然有些靜肅的可怕，令人毛骨悚然，但是詩人從頭到尾一個人在殯儀館的各角落散步著，讀者的腳步也跟著緩緩移動，看他享受著世上難得的靜謐空間，也在其中靜心感受生與死，余德慧說「我相信，能安靜下來的人，生命一定有某種盤石般的力量……，有了舞台的浮光掠影，苦難經驗卻使人沉入陰影，反而有著磐石的感覺。每次把眼淚擦乾之後，總有一份清爽，人也不再那樣浮動……，後來才瞭解，以前的哭泣都把自己拉回來一點點，把事情看破一點點。」[16]在殯儀館的雨弦應該也流過不少淚，看過許多生離死別，但在夜深人靜時，歸結人生，想想也沒那麼嚴重，因此他可以很自在地安靜著。第四節

---

[16] 余德慧，《生死無盡》，台北：張老師，1997年，頁39-40。

以動襯靜，以靜中的動更深化靜的程度，第五節以自然之美比擬死
的況味，「我仰望星空／星子俯瞰著我」，彼此含情脈脈，頗有我
見青山多嫵媚，料青山見我亦如是的移情作用，心凝形釋，看見星
空的遼遠，心境也隨之曠達，而這是在死亡的邊境──殯儀館所獨
有的享受，「詩中的死亡不但絲毫沒有一點恐怖哀傷，反而是優雅
寧靜、充滿喜悅與美感的。」[17]，「這種美的感受，主要源於詩人
生死本是一體的觀念，和對工作的狂熱。」[18]白天忙碌異常的殯儀
館，到了晚上卻也是別有風味。一般人認為明月星空下的殯儀館是
陰森恐怖、或是缺乏熱鬧之處，但對生命有深刻體驗的雨弦來說，
恰好是生命鬧趣的地方，然而此樂趣無法與一般俗人共享，若非真
的體會過，很難心領神會，散步中的雨弦深諳於此，此中有真意，
欲辯已忘言。

　　〈葬儀社〉則進一步昇華死亡的氛圍與價值：

　　親愛的
　　我已慢慢走向你了

---

[17]　丁旭輝，《淺出深入話新詩》，台北：爾雅，2006年，頁133。

[18]　謝輝煌，〈別踩痛那坨坨護花的春泥〉，《生命的窗口》，高雄：春暉，
　　　2009年，頁105。

　　　只求你

　　　溫柔地待我

　　　離去後

　　　我是護花的春泥（《用這樣的距離讀你》，頁15）

　　面對死亡，詩人以令人驚訝的愛情口吻來表達，溫柔而親密地
傾訴自己的靠近，先從「慢慢走向你」，再是走到身邊求一個溫柔
的對待，最後揭示自己其實已經離去，但因為眷戀，願意犧牲奉獻
成為滋養生命的春泥，成為所愛者的花肥，將自己的離去做最有意
義的詮釋，正所謂「落紅不是無情物，化作春泥更護花。」生命不
斷的逝去，也不斷的迎上來，正如丁旭輝所指：「死亡的過程既是
一種『離去』，同時也是一種『靠近』，前兩段只是第三段的倒敘
而已。如此一來，死亡中便有了新生，離去也便有了期待，生與
死便成了圓融的循環了。」[19]全詩在靠近與離去間，充滿矛盾的語
境，也在兩者的選擇間，看見人們為了所愛而不捨、甘願奉獻的情
感，用盡一生，只求成為在世親朋的祝福。相較於此，〈撿骨〉的
主角，眼界就顯得狹隘侷促：

---

[19]　丁旭輝，《淺出深入話新詩》，台北：爾雅，2006年，頁136。

幾斤幾兩

你還計較什麼呢（《生命的窗口》，頁64）

郁達夫〈清貧慰語〉：「其次則還有一位與勢利的財神相對立的公正的死神在那裡；無常一到，則王侯將相，乞丐偷兒，都平等了。俗語說：『一雙空手見閻君！』」[20]在世間的生活裡，形體有美醜、事業有大小、成就有高低、才氣有高下，一切都以比較的理念來看待，爭爭攘攘，但死亡面前，沒有尊卑低下之分，因為一切都平等了，死亡後，片縷都是累贅。雨弦這首兩行的短詩，看似平淡無奇，但在最平凡的問句裡，讓人有最深刻的省思。此詩題為〈撿骨〉，就民間習俗而言，有兩種撿骨的情況，可能是火化後也可能是親人土葬經過相當的一段歲月後的撿骨，林水福認為「詩中的『你』亦可做多種解釋。一是死者本身，二是死者家屬，三是泛指一般人，或讀者，非特定人士。」[21]照理說人死後塵歸塵，土歸土，世上名利的比較，利害的計較，應當灰飛煙滅，如果連骨頭都

---

[20]　楊牧　編，《現代中國散文選》，台北：洪範，1981年，頁121。

[21]　林水福，〈從一池殘荷到六月很冷〉，《生命的窗口》，高雄：春暉，
　　　2009年，頁9。

要計較幾斤幾兩，本性難移的程度直叫人啼笑皆非，而家屬更不需要為了迷信、風水等因素而對於撿骨斤斤計較。這首詩暗諷意味十足，予人當頭棒喝，但主要在勸誡每個人不要錙銖必較，韻味豐富，發人深省。再看他的〈火化爐〉一詩：

> 一隻隻餓獸
> 懷著巨大無比的哀傷，被餵以
> 一口口棺木，吐出了
> 一堆堆骨骸，之后
>
> 慢慢冷靜下來，且陷入
> 一種可怕的沉默（《生命的窗口》，頁60）

　　當棺木入爐，爐內大火熊熊燃起，死者軀體被火爐吞噬，親人此刻的哀傷也到達沸點，當血肉之軀變骨灰，一切歸於平靜後，親人的情緒則又陷入沉默的哀傷，無法置信一切化為烏有，在死者縱使真是安樂，但在生人總是悲痛，因為我們哀悼死者，並不一定是在體察他滅亡的苦痛與悲哀，實在多是引慟追懷，痛切地引發今昔存歿之感，而這種感傷往往是最不易擺脫。推進火爐的是一口口棺木，最後收回的是一堆堆骨骸，質量上巨大的變化讓人第一時間瞠目結舌，今昔對比產生莫大的感傷，詩中家屬的情緒由哀傷而冷靜而沉默，事已

成定局無法挽回，最後詩人以「一種可怕的沉默」下筆作結，沉默的
可怕在於它是悲傷的最高境界，是內心最深層無法道出的痛，所以不
發一語的結束反而為詩歌的情緒帶來最高張力，看似結尾卻又未結，
此時無聲勝有聲，往後情緒的調適才正要開始……。

　　我獨自散步著

〈火化場所見〉告訴我們人生的答案：

　　一輛輛加長型黑色禮車駛來
　　停下
　　主角下車了

　　入爐火浴，出爐
　　九十分鐘練就
　　一堆堆白骨赫然眼前
　　細細撿起，封入
　　一個個骨灰罐
　　這便是人生的答案

　　誰管下個主角是誰呢？（《因為一首詩》，頁150）

「一輛輛加長型黑色禮車駛來」，豪華黑色禮車所搭載的主角通常非達官即貴人或者閃耀的明星，此詩一開始就引起眾人目光，讓人將焦點全部集中在下車的人物上，「停下／主角下車了」，短短的字句也讓人跟著屏息以待。第二節他暫且不揭曉答案，直接告訴你接下來的步驟是「入爐火浴」，經過九十分鐘後，以為「練就」一身功夫，但卻是「一堆堆白骨」赫然出現在眼前，燒掉了軀體，也燒掉一貫的練達、聰明、靈巧，人生的答案很簡單，就是那「一個個骨灰罐」，就是赤裸裸的來，也會赤裸裸的離開，出生前人本就沒有形影、名字、性別，沒有臉孔，火化後只是回歸原本的面貌，所以在生的過程中可以穿金戴銀、叱吒風雲、爾虞我詐，生活可以虛掩在物質裡頭，但進入火爐後，一切化為烏有，所以，「誰管下個主角是誰呢？」主角是誰並不重要，從頭到尾都不必揭曉，因為在天地之間，個個都是渺小的、無名的、必然面對死亡的凡夫俗子。

三、祭亡晌想

曾擔任殯儀館館長的雨弦，因為身分的關係必須參加許多喪禮、公祭，雖說沒有到蘇東坡「存亡慣見渾無淚」的程度，但也因為場合一多，對於人生也就豁達起來，寫悼亡的詩也就沒有讓人想嚎啕大哭的悲情，而是用幽默、輕鬆甚至諷嘲的側筆寫悼亡，寫無

常給人的無奈，沖淡悲傷與恐懼，寫來別具特色，例如他的〈祭之
外〉：

　　　兩支白燭兩行熱淚

　　　鮮花水果們

　　　卻在供桌上爭吵了起來

　　　再也忍不住的供桌

　　　拔腿就

　　　跑（《蘋果之傷》，頁96）

　　這首詩以物擬人。白燭、鮮花、水果是供桌上的習慣必要擺
設，「白燭」點出題目「祭」，它們是哀輓場合的直接聯想物，白
燭之白猶如親朋悲傷嚴肅的臉色，滴著蠟油如流著兩行熱淚，有
「蠟炬成灰淚始乾」的情感，相較之下，鮮花水果其他場合也見得
到，悲情色彩較淡化，原本讀者情緒已經進入哀悼，但沒想到作者
卻用映襯的手法寫鮮花水果在供桌上爭吵，似乎還吵得不可開交，
爭持不下，雖然不知為何而吵，但是供桌卻再也忍受不住，趕緊抽
身，「拔腿就跑」。詩人暗示著在祭亡的場合裡，也不見得往往都
是悲傷的人，還有帶著許多不同動機的人，吵架的往往是親屬間因
為計較而吵，就像在〈殯儀館形色〉所寫：「有人忙著哭泣落淚／

有人忙著行禮如儀／有人忙著入土為安／有人忙著火化升天／有人
忙著暗算」，畫面不協調，卻是一幅活生生的「殯場現形記」，已
經過世的人，看到親朋在「祭」的場合爭吵不是情何以堪就是啼笑
皆非吧，為免惹了一身腥，走為上策！

　　再看他寫的〈其實，我也是很悲傷的〉，用自己的經驗，寫實
點出社會中許多喪禮徒流於形式，以及許多人到場致哀是虛與委蛇
的敷衍：

　　　黃道吉日
　　　我跑了一個又一個的禮堂

　　　還好，這是最後一個了
　　　我還有事要辦呢

　　　付過奠儀，匆匆填好公祭單
　　　進入禮堂，都是人
　　　管他的
　　　先吹吹冷氣再說吧
　　　啊司儀叫到我了
　　　上前，披紅

手持花圈，深深鞠躬

家眷答禮

上前和家眷握個手吧

怎麼？都是陌生的臉孔

哈，我竟然跑錯地方了

管他的，反正

獨哀哀不如眾哀哀

既來之則安之

手還是要握的

其實，我也是很悲傷的（《用這樣的距離讀你》，頁23）

　　這首詩的題目下的很諷刺，〈其實，我也是很悲傷的〉，一個人處於悲傷時，往往都是出自於真情，不必思考更不必對外澄清情感的真假，他點出許多人趕赴祭亡的虛偽，親臨致意往往是基於職務需要，由於對象不見得是自己的至親或摯友，悲傷的程度自然有限。依傳統而言，喪重於喜，喜事可以不到，但喪事不能不去致意，尤其在「黃道吉日」，各喪家「紛紛」辦理出殯，因此第一節詩人才會說跑了「一個又一個」的禮堂，趕了一場又一場，氣喘吁

吁之狀，也讓人感受到體力與情感上的疲乏，好不容易捱到最後一
個，心裡的想法實際上是「我還有事要辦呢」，筆者認為若說這位
主角無情未免嚴苛，因為這就是人性真實的一面，面對自己陌生的
人離世，能有多少悲傷呢？因為掛意著有事要辦，因此從第三節開
始迅速進入狀況，每個程序再熟悉不過，「付過奠儀」、「填好公
祭單」、「進入禮堂」，休息片刻「吹吹冷氣」、等司儀點到名
後，「披紅」、「手持花圈」、「深深鞠躬」，最後「和家眷握個
手」，過程毫不拖泥帶水，只是握手時看到家屬陌生的臉孔，才驚
覺自己跑錯場，「哈，我竟然跑錯地方了」，用一個「哈」來表達
自己的荒謬，讀者讀到這裡也的確是噗嗤一笑，怎麼鞠完躬了才知
跑錯地方？那麼行禮時是否帶有一絲哀傷？至少可以確定原本這一
場是衝著喪家面子而來，不是為了祭悼死者而來，然而家屬握完手
似乎也沒太在意眼前這個人是誰，反正禮堂都是人，人多並非壞
事，排場大、奠儀多，因此詩人也說「獨哀哀不如眾哀哀／既來之
則安之」，總不能把自己的烏龍說出口，「手還是要握的」，戲還
是要演下去的，最後試圖說服所有人，包括自己，「其實，我也是
很悲傷的」。一場公祭裡，到底有幾個人是哀傷的？或許下一場要
去的還是必須笑臉迎人的場合也說不定，〈黃道吉日〉正說明這種
笑與淚轉換不及的現象：

都選擇這個日子

對面大喜

對面大悲

悲喜之間

僅一條巷道之隔

彼此是鄰居

住在同一條巷道裡

這邊

湧向大紅的禮堂

那頭

卻通往黑色的墳場

也是鄰居的我

今天

祇好以右臉

陪笑，而以左臉

哭喪著──（《母親的手》，頁50）

民間習俗習慣看日子，不管婚喪喜慶，都要挑定農民曆上的黃道吉日，心裡才會踏實，婚事要挑「宜嫁娶」，喪事要挑「宜安葬」，有時無巧不巧若在同一天，就會出現一邊大喜，一邊大悲的情況，同樣在同一條巷道，幾家歡樂幾家愁，「這邊／湧向大紅的禮堂／那頭／卻通往黑色的墳場」，這個方向是歡樂幸福，換個方向卻又是哀傷悲慟，這邊是奏著結婚進行曲，那頭是五子哭墓的祭曲，雖然可能已經習以為常這樣的尷尬，因為日常生活就是生死的流轉，因為任何時刻，我們都在生死之間，但情緒的轉換卻又叫人措手不及，因此雨弦最後以幽默滑稽的方式來面對：「祇好以右臉／陪笑，而以左臉／哭喪著」，為了不失禮，公平起見，只好用狀似顏面神經失調，左哭右笑的表情來同時表達祝福與哀悼，矛盾的心情表露無遺，生命的悲喜就在剎那之間同時感受。

看了一場又一場的生命禮儀，接了一份又一份的訃聞，詩人也有內心深處的感慨，如〈訃聞〉：

> 三不五時收到一紙
> 白色的邀約
> 在我的辦公桌上
> 等著我決定

望著熟悉的名字
我總是習慣地寫下
輓幛乙幅奠儀若干
然後如期赴約

只是近來驚覺
自己年歲越長
約會越來越多
日子也越來越近……（《因為一首詩》，頁149）

「訃」，形聲字，灼龜問吉凶為卜，陳告喪事為訃。訃聞是報告喪事的簡帖，一般記載死者的生卒年月日和喪祭的時間地點，並附上死者親屬名單，身為高雄市殯儀館館長，有時業務還擴及到高雄縣，接到訃聞的機會之多當然不在話下，「三不五時」表示次數的頻繁，重視禮節的雨弦、習慣批閱公文的館長，已經是專業性的反射動作寫下「輓幛乙幅奠儀若干／然後如期赴約」。年紀越大，認識的朋友越多，自己的朋友也多半是相仿的年紀，因此活得越久，看到身邊的人離開的機會就越多，因此他的「驚覺」除了是這樣的最後的約會越來越多，也是突然發現自己的年紀增長，離死亡的日子也越來越近，「活著，就是死亡的瀕臨……，參加喪禮的人

總以為喪鐘是為他人敲的，喪歌是為他人唱的，很少深入地穿透其中的瀕臨。但是，終究我們還是會回到『瀕臨』的現場。感通生死才是人活著最終的心靈痊癒。」[22]在驚覺當中，雨弦已經參透死亡的瀕臨，當他參加越來越多場的喪禮，當他接到越來越多的訃聞時，有一天，主角也將是自己⋯⋯。

四、幽幻鬼墳

　　一般人對於墳場多半也是敬而遠之，除了清明掃墓，其他時候多半人煙稀少。然而墳墓卻有著重要的象徵意義，它是死亡的直接產物，也是肉體的最後歸宿，是活人為死人設立的永久住所，也是死人與活人保持聯繫的中介。在台灣的城郊、田野上，到處都能看到一些大大小小長滿青草的墳墓，每座墳墓都塑立著一塊石碑，上面寫著墓主的姓名、稱號、生卒年等碑文，他人之死透過墓地而存在於自己的心目中，回到墓地也是活著的人對死者表達悼念最直接的方式，雨弦除了寫殯儀館，也寫鬼墳，〈詮釋〉一詩寫著：

　　　　土，哭腫了
　　　　碑，愣在那兒

---

[22]　余德慧，《生死無盡》，台北：張老師，1997年，頁111。

　　而千千結的蔓草
　　想解開些什麼

　　其實，幕起必然要落
　　管他的英雄好漢
　　管他的凡夫俗子
　　一樣的安息

　　不同的是
　　如何讓他有個美好的
　　完成（《生命的窗口》，頁76）

　　民間社會以往習慣土葬，一隴隴高起的土堆，似乎是「哭腫」的，而墓碑佇立在墳前如同發愣，如有心事般，一堆枯黃的蔓草糾結圍繞，似乎努力理出頭緒，想解開心中的結，卻是「解」不斷，理還亂，別是一番滋味在心頭，一方面是省墓者的情緒反應，一方面也是往生者不甘離世、不捨親人的心理表達，因此雨弦在第二節說「其實，幕起必然要落／管他的英雄好漢／管他的凡夫俗子／一樣的安息」，娓娓道來，是撫慰生者，也是開導放不下的亡者，如在《紅樓夢》中跛足道人「好了歌」唱著：「世人都曉神仙好，唯

有功名忘不了。古今將相在何方？荒塚一堆草沒了。」陸機挽歌詩：「昔居四民宅，今託萬鬼鄰；昔為七尺軀，今成灰與塵」[23]，千古英雄同一死，無論身前何種身分，每個人死亡的住所都是墳墓，「安息」乃卸下勞苦的擔安靜的休息，許多人求之不得，有何不好？這也是一種隨遇而安的胸襟啊！

　　就是因為有死亡，讓當下的自己看到存在的意義、價值，如魯迅〈《野草》題辭〉所說：「過去的生命已經死亡。我對於死亡有大歡喜，因為我藉此知道它曾經存活。死亡的生命已經朽腐。我對於這朽腐有大歡喜，因為我知道它並非空虛。」[24]魯迅從每一個逝去的時間中感受到生命的存在，而人必一死，雨弦也用積極的態度鼓勵所有人思考：「如何讓他有個美好的／完成」，荀子說：「生，人之始也，死，人之終也。終始俱善，人道畢矣。」泰戈爾說：「生時麗似夏花，死時美如秋葉。」每個人有自己生命的旋律，在有生之年應當努力的演奏，每個人的生命像一齣戲劇，在舞台上來來去去，上上下下，各自盡力的扮演好自己的角色，活出美麗人生，當有一天曲終人散，幕落之時，也要餘韻無窮，也要從心裡無憾的感嘆活過真好，不虛此行，而不是一聲嘆息，什麼都

---

[23]　丁福保　編輯，《全漢三國晉南北朝詩》，台北：藝文印書館，1975年，頁430-432。

[24]　魯迅，《魯迅選集》，北京：人民文學，2004年，頁339。

沒留下，就像印地安詩歌所唱的：「不要在我的墳前哭泣，我不在
那裡，我是你清晨醒來，看見窗外吱喳的鳥雀，在黃昏裡搖曳的金
黃麥穗，在午夜的蟲鳴螢火裡……」這樣美麗的詩歌表達了死者豁
達的精神，只要無憾，生與死都能各得其所，周作人〈尋路的人〉
如是寫：「路的終點是死，我們便掙扎著往那裡去，也便是到那裡
以前不得不掙扎著……我們誰不坐在躺車上走著呢？有的以為是往
天國去，正在歌哭；有的以為是下地獄去，正在悲哭；有的醉了、
睡了。我們只想緩緩的走著，看沿途景色，聽人家談論，盡量的享
受這些應得的苦和樂。」[25]人生的結果都一樣，重點是過程是否盡
其在我，無悔無尤。況且，塞翁失馬焉知非福，死亡又是另一種境
界，看詩人寫的〈骷髏頭〉：

　　卸下一生的面具
　　什麼都不必看
　　什麼都不必聽
　　什麼都不必說
　　什麼都不必想

[25]　張菊香　編，《周作人散文選集》，天津：百花文藝術，2004年，頁92。

卸下一生的面具

什麼都可以看

什麼都可以聽

什麼都可以說

什麼都可以想

卸下一生的面具

你終於做你自己（《生命的窗口》，頁66）

　　在死亡之前，人活在世界中的我是被穿戴著的我，穿戴著衣著、慾望、情緒……，我們用許多事物包裹著「活著」，而且會把這樣活著的我等同於真實的我，我們往往是因為想要保有世界中的我，害怕自己失去一切，而害怕死亡。人因為帶有肉體，所以會受到許多主、客觀多種條件或時間、空間上的各種圍限，而難以凡事都全權做主，但死後是赤裸裸、最真的自己，可以簡簡單單做自己，什麼都不必管，什麼都可以做，不須在乎外在眼光，沒有人情世故的羈絆，遠離塵世，回到自身的空蕩，謝輝煌說：

這種以「骷髏頭」來表現「久在樊籠裡，復得返自然」的寫法，其構思、選材，就令人驚艷不已，而且是一種大大的發明，把頭上的皮肉想像為「假面具」，也出人意表[26]。

《莊子‧至樂》也曾提出骷髏之樂：

> 夜半，髑髏見夢曰：「子之談者似辯士，視子所言，皆生人之累也，死則無此矣。子欲聞死之說乎？」莊子曰：「然。」髑髏曰：「死，無君於上，無臣於下；亦無四時之事，縱然以天地為春秋，雖南面王樂，不能過也。」莊子不信，曰：「吾使司命復生子形，為子骨肉肌膚，反子父母、妻子、閭里、知識，子欲之乎？」髑髏深矉蹙頞曰：「吾安能棄南面王樂而復為人間之勞乎！」

髑髏是人的原形，象徵無拘無束，無牽無絆，脫去衣物的包裝，了去外在的塵緣，生不帶來，當然死去也不會帶走什麼，呈現最真實的自我，沒有生人之累的髑髏，代表的是解脫與自在。所謂生人之累是每個人精神苦悶的主要原因，有多少人能有顏淵一簞食，一瓢飲仍不改其樂的達觀？人生在世多少時候真能無入而不自

---

[26] 謝輝煌，〈別踩痛那坨坨護花的春泥〉，《生命的窗口》，高雄：春暉，2009年，頁104。

得，不因物喜不以己悲？不同身分有不同責任，因為肩上扛著責任，不堪其憂才是人之常情。生年不滿百，常懷千歲憂，莊子認為人活著對功名利祿的追求，是人無法擺脫的束縛，是精神無法獲得真正自由的原因，與其勞苦的活著，相較之下，死去還能享受無拘無束無羈無絆的快樂，沒有名、利、物的困擾。莊子對死亡的超脫，曾藉著與髑髏的對話而展現：「死，無君於上，無臣於下；亦無四時之事，從然以天地為春秋，雖南面王樂，不能過也。」所以在徐志摩〈契訶夫的墓園〉說：「只要你見到他那水花裡隱現著的骸骨，你就認識它那無顧戀的冷酷。」「莊子也沒奈何這悠悠的光陰，他借重一個調侃的骷髏，設想另一個宇宙，那邊生的進行不再受時間的限制。」[27] 髑髏不願再回到人世，甚至也拒絕與親友再相聚，的確讓人有徐志摩所說「無顧戀的冷酷」之感，但我想這裡呈現的是莊子無忮無求，順其自然的生命態度，生有時，死也有時，順應自然的規律才是真正的道之所在。古今以來多少人逐鹿天下想要成為一國至尊，多少統治者孜孜矻矻追尋長生不老，想要延長自己的壽命，再多享受一些權力、尊榮與財貴，但世上最崇高的快樂被死亡世界的快樂比下去，世上最令人稱羨的地位不及一個空髑髏，極盡諷刺。這樣的諷刺在雨弦〈棺木〉一詩中亦可見到：

---

[27] 楊牧編，《現代中國散文選》，台北：洪範，頁109。

樹之死亡

成就你,你之死亡

成就誰

你一口咬定

人

一種愛升官發財的動物(《生命的窗口》,頁58)

　　這首詩以「官」、「財」與棺材諧音雙關作文章,頗具妙思,
人即便升官發財,最後還是要進入棺材,在棺材前人人平等。鳥為
食亡,人為財死,世間人不為名利者幾稀?又樹死棺成,樹的砍伐
造就了一具具棺材,環境的破壞造就了許多人的發財夢,但當一具
具的棺材埋葬、焚燒,成就了誰?因此人最後回到自己砍伐的木材
中,枯形寄空木,甚至還不忘帶著各式各樣陪葬品,它當然毫無疑
問,一口咬定人不過只是設法滿足名利慾望的一種動物罷了!

　　人的貪財連墳墓都不放過,自古以來陪葬品千奇百樣,因此盜
墓者應運而生,破壞棺木、盜取殮物,造成亡者家屬精神上的打
擊。雨弦用幽默的方式寫盜墓者貪的荒謬,首先是〈盜墓〉中盜墓
者的心態:

佛說

我不入地獄，誰入地獄

況這世界太小

去向地獄移民，或許

也是不錯的

一種方式

然則，今晚去探個路吧

好圓個掏金夢

讓今生痛痛快快

來世誰理他呢

而今夜，月黑風高

神不知鬼不覺的

只是，沒想到

迎面而來的竟是

祖爺爺裂齒狂笑的

兩排

假牙（《蘋果之傷》，頁97）

　　看來這盜墓者已然是豁出去的心態，自己知道貪財貪到死人身上是大不敬，因此自我喊話將來移民到地獄也是不錯的方式，而且自勉要「活在當下」，典型阿Q式的精神勝利法。既然對於地獄不排斥，既然死後會到地獄受苦，那麼今世就放手一搏，今夜有酒今朝醉，今世的痛快要緊，無暇去管來世的輪迴。今晚要一展身手看是否能圓自己的掏金夢，今夜他選擇「築夢踏實」。詩人為他營造「月黑風高」、「神不知鬼不覺」的神祕意境，但被貪欲淹沒的人，殊不知天知地知，不知不覺墮入深淵的是自己。以為一切在掌握之中，這時詩人語意一轉折：「沒想到／迎面而來的竟是／祖爺爺裂齒狂笑的／兩排／假牙」出乎意料之外，祖爺爺竟然有知覺，他的狂笑應當是盜墓者的主觀意識，也是做虧心事時心中的不安所導致，因此迎面而來的兩排假牙咧嘴而笑是否嚇走了這位盜墓者？祖爺爺是歡迎還是笑謔？此詩如小說的情節鋪排，驚悚又懸疑，點出地點、人物與時間，但結果就交由讀者自己編排。

　　再看死者〈給盜墓者〉的一封信：

　　一貧如洗，兩袖清風

　　蓋棺早已論定

　　三更半夜的，怎麼

　　還來吵死人

　　至於，我的幾把老骨頭

　　就看著辦吧（《因為一首詩》，頁151）

　　這首詩看了令人莞爾。人死後大概萬萬沒想到自己還會被有心人士所覬覦。「一貧如洗，兩袖清風」、「三更半夜」，利用對偶的形式由一到三一路數落盜墓者，沒想到已經蓋棺論定的自己，死後還不得安息，還有掀棺的一天，還會有人「破棺而入」，生人還要來吵死人。「吵死人」一語雙關，因為盜墓通常不是單槍匹馬，而是分工合作，有人把風，有人負責竊取死者陪葬品，大半夜裡工具聲響加上人聲，的確是吵死人。身無長物，當初死前揮一揮衣袖沒帶走一片雲彩的死者，就只能不耐的告訴盜墓者，自己所剩的不過就是幾把老骨頭，「就看著辦吧」，似乎帶著歉意的告訴對方自己沒什麼價值可盜的，算盤打錯墳了，為了不讓對方白忙一場，如果這把老骨頭還有利用價值，那也任由處置無妨。

　　詩人除了寫「盜墓」的行業，也寫〈公墓管理員〉：

　　活在世界之外，每天

　　看草的榮枯

　　看新墳成舊墳

舊墳又成了新墳

我們

遲早總要向他報到的

他，也是我們的一員（《母親的手》，頁75）

　　一個長年陪伴墓地生活的人，耳聞目睹的是荒草淒淒，寒風習習，在壘壘荒冢之間，公墓管理員為了看守墓塋而存在，鎮天踟躕於此無人煙的曠野，看遍了春花秋月不同的風景，似乎是活在繁華的世界之外，每天看「草的消長」、「新墳成舊墳」，春去秋來，草的榮枯循環之間，時間不斷遞嬗，一開始受盡關愛的新墳日漸成了人跡罕至的舊墳，最終被遺忘。人生的盡頭是死的故鄉，歡樂的好夢，不能隨墓草而復生，草會再長，但人死不能復活，我們或早或晚都要向管理員報到的。而末段「他，也是我們的一員」單行成段，意味管理員自己也不例外，每個人都將成為一座孤冢，在衰草斜陽中歡迎新的夥伴報到。

　　近年來隨著環保意識的提升，現代人埋葬的方式越趨多元，包括土葬、火葬，其中火葬是目前最「流行」的方式，雨弦不少詩作提及火化場，人火化之後的長眠之處就是骨灰罐，供人憑弔的地方就是靈骨塔，在〈骨灰罐〉中他對人生的結果有這樣的感悟：

火化之后

這一塊　一塊

白色的悲傷

一節　一節

黑色的思念

統統放進

這小小　圓圓

冷冷的大理石罐裏

至於

不成塊不成節的

灰

就讓她化作泥

與大地合一（《生命的窗口》，頁62）

　　「直到扶著靈柩赴火葬場，那靈柩裝載的再也不是陰暗、死
亡、恐懼，而是不捨、依戀、莊嚴。很快地一切都在火焰之中凝
縮成一堆灰燼，骨灰罐像支『收魂瓶』，將六尺之軀全部收納其
中。」[28]皚皚白骨火化之後，連同親人的思念都放進「冷冷的大理

28　莊祖煌，〈塔〉，《關於生死，他們這麼說……》，台北：人本自然文化，
　　2004年，頁111。

石罐裏」，思念的黑是一種黯淡，骨灰罐的冷是一種絕決的無情，隔離了人情，「一個六尺之軀的肉身，他日縮頭縮腳要放入一瓶小罐內，那種時空的隔絕感還真讓人陌生。」[29]，因為陌生而有冷寂之感，同時也呼應〈火化場所見〉所寫：「入爐火浴，出爐／九十分鐘練就／一堆堆白骨赫然眼前／細細撿起，封入／一個個骨灰罐／這便是人生的答案」，人生最後的答案就是那一罐罐又小又圓又冷冰冰的骨灰罐。而燒成灰燼的部分，亦可貢獻人間，物盡其用，與大地躺成一片，滋養大地，也呼應〈葬儀社〉一詩：「離去後／我是護花的春泥」。

　　最後看他來到靈骨塔寫〈塔的冥想〉：

　　塔裡有人在嗎？

　　回答我的是
　　同樣的回聲

　　冰冷的祭台上
　　花兒枯落了

---

[29]　同上

甕罈裡的靈魂們

是否醒著？是否

春天之後仍有

花的燦爛

剛要轉身

那懸在風中的

鐘聲，竟無端地

響起（《生命的窗口》，頁68）

　　莊祖煌將靈骨塔形容為一個「類陰間」的世界：「狹窄的塔
中，到處是橫來側去高入天花板的木頭櫃，像舊圖書館裡的書架。
每個大櫃子又區分出許多一尺見方的小空間，還闔上透明的玻璃。
玻璃櫃內當然不放書，多數都已放入圓筒形大理石質的骨灰罐。大
櫃與大櫃間只容一人走，初入其間，還真有點像迷宮，也許是心理
作祟，總覺得有股陰氣沁入肌膚，尤其寂靜無人的角落。」[30]靈骨
塔中的骨灰罐都有小小照片嵌在各自的罐子上，每一罐是每一個曾
經的人生，這裡是人間與陰間的交界處，人煙稀少，因此詩人一句

---

[30] 莊祖煌，〈塔〉，《關於生死，他們這麼說……》，台北：人本自然文
化，2004年，頁109。

禮貌性的問候「塔裡有人在嗎？」還有回音傳回，顯示空間滿是空曠孤冷，在這裡祭台冰冷，祭祀的花朵枯萎，似乎已被冷落許久，那麼這些「甕罈裡的靈魂們／是否醒著？」他們是否還有知覺？這是雨弦的疑惑，也是我們的疑惑，但接下來「是否／春天之後仍有／花的燦爛」，雨弦又似乎給了我們答案：春天會再回來，但已是另一種存在。「剛要轉身／那懸在風中的／鐘聲，竟無端地／響起」，那無端響起的淒涼鐘聲，是否正代表「他們」的心聲？剛要離去，莫名的鐘聲響起，是否在留人？又或者是對難得來塔中的人一種回應？結尾帶給讀者更多想像空間，不解的鐘聲也代表未解的生死之謎。

第五章

藝術探究

第五章　藝術探究

　　宗白華說：「我想詩的內容可分為兩部分，就是『形』同『質』。詩的定義可以說是：『用一種美的文字──音律的繪畫的文字──表寫人的情緒中的意境。』這能表寫的、適當的文字就是詩的『形』，那所表寫的『意境』，就是詩的『質』。換一句話說：詩的『形』就是詩中的音節和詞句的構造；詩的『質』就是詩人的感想情緒。」[1]因此好的詩作應該兼顧形的美與質的真，李冰說：「雨弦的每首詩讀者都看得懂，都能聯想到其詩表達的內涵，但它卻呈現出高度的技巧，語詞的結構，意境的塑造，形式的佈局，無一不是透過技巧的淨濾而成詩。」[2]

　　前一章就雨弦生死詩的主題內涵做質的探討，此章則針對生死詩形式的部分作藝術探究，包括章法結構、修辭技巧、文字布局、意象塑造等，了解雨弦如何以淺顯純淨的語言表達生死高妙的意

---

[1] 宗白華，〈新詩略談〉，《美學的散步》，台北：洪範，1987年，頁207-208。
[2] 李冰，〈祝福你，詩人〉，雨弦，《母親的手》，高雄：葫蘆，1989年，頁12。

境，在這一章所用以論述的詩例有部分重複之處，那是因為優秀的
作品總是同時涵融了多種技巧與詮釋，表達了最豐富的詩意，因此
本章不避重複，以期作完整的呈現。

第一節　章法結構

　　揚義認為「在寫作過程中，結構既是第一行為，也是最終行
為。寫作的第一筆就考慮到文章結構，寫作的最後一筆追求結構的
完成。」[3]有組織的結構可以統合詩中零散的意象，「任何一件藝
術品，完整性和有組織性是它之所以成為藝術品的必要前提」[4]，
茲參考林文欽教授《現代詩鑑賞教學研究》的結構分類，將雨弦生
死詩中常見的章法結構剖析如下，並用表格的方式歸納整理：

一、順序法

　　順序法指敘述的時間進程是直敘式的、漸進的，「詩的結構採
取順移推進的手法，即按照著客觀生活的本來時空秩序，由本而

---

[3]　揚義，《中國敘事學》，嘉義：南華管理學院，1998年，頁34。
[4]　盛子潮、朱水涌，《詩歌型態美學》，廈門：廈門大學，1987年，頁61。

末，漸漸開展的構思方法，這種詩歌結構方式，稱為順序法。」[5]
雨弦生死詩作採用此結構者茲整理如下：

〈時間之傷 ──焚寄母親〉	以時間發展為線索，一節一節，不斷往前推展，全詩共四節，每節四行，由「小時候」、「長大後」、「後來」、「未來」概括漫長的時間與對母親的綿綿情思，由「我在你身邊」、「我離開了你」到「你離開了我們」，然後期盼回到母親身邊，由「不懂時間的意義」、「看你慢慢地老去」、「看自己慢慢地老去」最後詢問時間的意義，利用起、承、轉、合的遞進式結構技巧，呈現出深情而美的情懷。
〈紅燭還是白燭〉	時間的遞進為「四十五年前」、「我漸漸長大成人」、「七年前一個深夜」、「今夕，我的生日」，描寫母親也是四階段，從「母親躺進產房」、「母親漸漸消瘦蒼老」、「母親躺進急診病房」、「地下的母親」，自己的狀態則是由幼時的「懵懂無知」到長大成人的「幡然醒悟」，兩個主角都是由年輕到老，但時間的起跑點不同，母親從年輕到衰老，一生犧牲奉獻，當孩子懂事時，母親已死去，詩人藉由自己的生日─母難日悼念母親，該點紅燭還是白燭已經不是重點，重要的是心中的感恩與思念。

〈火化場所見〉	從車子「駛來」、「停下」到「下車」，從「入爐」、「出爐」到「撿起」、「封入」，從被禮車、棺木包覆到赤裸裸的白骨，時間一直往前推進，從大到小、從有到無，從外而內，涵括了整個人生，也意味著從生到死的路程無法回頭。
〈終站〉	人生結帳後，走向冷凍室，接著沐浴、更衣、淡妝，最後到另一個新的國度參加迎新會，死後的程序一一寫出。
〈出境〉	先寫父親持著醫院的護照要到天國旅行，然後在眾人的送行下，父親進入專機閉目養神，最後專機起程，將死亡喻為旅行，按照時空秩序一一開展。

二、直進法

　　「詩人為了展示情感的流動，按照情感的直線運動過程來結構詩篇。或者按照詩人觀察的順序借景抒情的詩，其結構中的情感或思想思維線具有直線進展的特點。」[6]雨弦生死詩中以懷母之作展現最豐富的主觀情感，以下舉〈墓碑〉、〈母親的手〉為例：

---

[6]　林文欽，《現代詩鑑賞教學研究》，高雄：春暉，2000年，頁286。

〈墓碑〉	看到墓碑上母親的名字，一時之間無法接受，「燙金的名字／從大理石跳出」一開始是將詩人的眼睛擊傷，「淚流不止」，接著又把他的心擊碎，使她「血泣如注」，從傷眼到傷心，流淚到心在滴血，最後呼喊著「母親啊／您在何方」，悲傷的程度由外而內加深。
〈母親的手〉	第一節寫母親過世後，自己進入與世隔絕的黑暗時代，第二節寫母親放盡所有光和熱，身體已冰冷，自己的心也降到冰點，第三節寫母親已在世界之外，將自己的悔憾與不捨表露無遺。

三、迴環法

　　「迴環法就是指詩歌的結尾回到開頭，首尾緊密銜接，或是詩歌中某些意象以相類的句式在詩中反覆出現，以渲染氣氛，使詩的章法結構成圓環狀，所以稱為迴環法，又稱復沓式。」[7]反覆是一種井然有序的律動，如歌曲重複出現的主調，不讓人厭煩，反而產生單純的、絡繹不絕的快感，也增強了語勢，雨弦幾首詩作迴環的情形如下，：

---

[7]　林文欽，《現代詩鑑賞教學研究》，高雄：春暉，2000年，頁297。

〈六月很冷〉	六月的南方，很冷／……六月的南方，很冷
〈殯儀館形色〉	一群人忙著／從冷凍房，到化妝間／從奠禮堂，到火化場／有人忙著……／有人忙著……／有人忙著……／有人忙著……一群人忙著
〈骷髏頭〉	卸下一生的面具／什麼都不必……／什麼都可以……卸下一生的面具／你終於做你自己
〈殯儀館的夜晚〉	我獨自散步著／走過……，靜悄悄的／走過……，靜悄悄的／走過……，靜悄悄的／走過……，靜悄悄的／我獨自散步著／……散步著／……散步著／……散步著／……我獨自散步著

　　雨弦擅長以迴環結構方式反覆詠唱，形成復沓的旋律，將他要表達的情感、思想強烈表現出來，使詩篇成為首尾呼應的有機體。

四、躍進法

　　詩人在創作時，有時以轉折的思想或情感邏輯來代替直接的鋪陳，他的邏輯關係不是一條直進的線，而是一個個跳躍的點。生與死有時來得突然，有時需要頓悟的功夫，因此雨弦也在生死詩中利用躍進法的結構造成一種意外的藝術感，茲例舉如下：

〈過客〉	前兩行説「有人來了／走了」，寫人間的來來去去實屬正常，但自己的選擇是「我留下來／不走」，或許是因為對人間情感的眷戀，或者是對世俗的執著，因此輪到自己時選擇不走，但接下來以換行躍進的方式，短而有力，出人意表地寫「不，走」，以一個逗點達到我執的跳躍，態度有三百六十度轉變，突然不再堅持，該走就走，展現更高的人生體悟。
〈棺木〉	第一節寫樹死棺成，那棺死成就何事？然後不再寫樹與棺，藉由棺之口將對象跳到人的身上，利用諧音寫人乃一種愛升官發財的動物。
〈女法醫〉	寫女法醫盡忠職守，「每天忙著／上天堂下地獄，找尋／死亡密碼」，非自然死亡的屍體總得被法醫反覆檢驗鑑定死因，以還給家屬與死者公道，但死者究竟是想要早點安息還是想要澈底釐清死因？死亡密碼究竟找到了沒？詩人以空行給讀者無限想像，只知道「很煩」的女法醫終於結束他的工作，所以詩人直接下結論「屍體鬆了口氣／走了」，法醫終於放他一馬，從悲苦的非自然死亡躍進到幽默的死者鬆了口氣，見到詩人著力之深。
〈加護病房〉	第一行寫終點到了，生命的旅行結束，理當下車，看似有順序地按照生命脈絡前進著，但第二行話鋒一轉，「不行，折返」，到了終點突然振作，可能是生命尚有未完成的夢、有未盡的情感，因此堅定的説折返，給人豁然開朗之感。

| 〈魚語〉之二 | 看到乾癟的魚乾串使自己陷入童年的回憶中，對照現在飽受生活壓力的自己，如同眼前被曝曬的魚乾串，無盡感慨，末兩行突然出現貓的叫聲，嚇人一跳也將詩人拉回現實，而背後的貓究竟有何意圖不得而知，詩人也未將轉身後確認的結果告知讀者，留下想像空間，無理而妙。 |

五、塊狀形

　　詩歌內容以一個場景、一個客觀物象或事物的一個片斷為基礎架構成篇，其結構成塊狀，故名之。

　　這類的章法結構大多出現在雨弦描寫的死亡場景中，如〈殯儀館〉與〈殯儀館形色〉寫殯儀館中的喪禮程序以及人們的忙碌，讓場景實際呈現在人們眼前，讓讀者自己去思考人心不同的運作與當下的氣氛，〈一半〉則是寫棺木店老闆娶親的矛盾畫面，寫喜悲、生死各半的棺木店，〈火化爐〉寫人在火化前後的變化，以上都是客觀的將物象或事件紀錄，將畫面統攝在某一場景中，透過詩人的觀察來表達的詩，再交由讀者體會其中意境。

六、對比法

把語義上、情感上相互對立的情境組合在一起，或採用時空與
情境的鮮明對比而組成的雙層結構，從而構成強烈的藝術效果的一
種章法結構形式。如以下幾首詩作：

〈墓園旁的別墅群〉[8]	第一節寫都市的街道、大廈、喧囂，第二節寫墓園旁與古人比鄰而居的輕鬆愜意，包括心靈對話、邀月共飲、剪燭西窗、抵足而眠或採菊東籬下，悠然見南山等，呈現兩種不同的生活方式。
〈向日葵的生死學〉	第一節寫向日葵在曠野熱情擁抱太陽、擁抱愛和死亡，慷慨激昂陳述生死學，最後一節寫相較之下，人類「就頹廢多了」，將兩種對生命不同的態度、對生死消極與積極的方式作對照。

純淨的詩具有一種單純美。詩愈純淨，其表現形式，則愈單
純。它是樸實無華，不加雕琢粉飾，一任本然，而具有精湛
之意味。是由博而約，化繁為簡的手法最高表現。[9]

---

8 雨弦，《生命的窗口2》，高雄：春暉，2010年，頁14。
9 覃子豪，《論現代詩》，台中：普天，1969年，頁64。

　　綜觀以上雨弦詩作的結構不繁複，樸實而自然，藉著完整的結構表達其意念，層次井然，卻又不拘一格，有起、承、轉、合的整體美，也有迴環復沓的聲律美及例如〈過客〉、〈加護病房〉在末了出人意料的奇趣美，形神兼備。

第二節　修辭技巧

　　深刻的內容是文學價值所在，然而藝術性也不可忽略，修辭法是研究如何藉著生動而精確的語言表達，使讀者對作品產生共鳴的語文表現方法，也是現代詩藝術表現的重要一環，透過修辭的理解可以更深入體會現代詩的優美情境與辭藻，本節以雨弦生死詩為經，黃慶萱《修辭學》為緯，主要從譬喻法、轉化法、類疊法、設問法、映襯法為例來探討雨弦生死詩中的修辭運用，了解他如何以平淡雋永的文字，表達出引人省思的生死哲理。其他修辭技巧如誇飾、頂真、雙關等，因數量不多，不獨立作分析，排比法因與類疊法的詩作多所重複因此省略。

一、譬喻

　　譬喻就是所謂的打比方，利用甲、乙兩事物的類似點作類比：

> 譬喻是一種「藉彼喻此」的修辭法，凡二件或二件以上的事物中有類似之點，說話、作文時運用「那」有類似點的事物比方說明「這」件事物的，就叫譬喻。[10]

> 將兩個不同的事物，取其某一個同點來比擬，使兩個形象互相輝映，彼此印證。[11]

　　巧用譬喻可使作品更生動、更平易親切，使詩中的表現的情感和思想化為具體的形象，以便於讀者感受。譬喻由三個部分組成，包括所要說明的事物主體為喻體，連接喻體與喻依的語詞為喻詞，用來比方說明主體事物的為喻依，依喻詞、喻體的改變或省略分類為明喻、略喻、暗喻、借喻，雨弦生死詩中譬喻法的應用以明喻、暗喻、借喻為主，詩例如下：

（一）明喻

　　是「喻體」、「喻詞」、「喻依」三者兼具的譬喻，常常在兩個事物間以好像、彷彿、似、般等詞加以聯結。茲例舉如下：

---

[10] 黃慶萱，《修辭學》，台北：三民，1986年，頁227。
[11] 謝文利，《詩的技巧》，北京：中國青年，1991年，頁234。

　　枯枝般骨頭般的

　　雙手啊

　　翻尋復翻尋

　　他早年遺落了的

　　愛？（〈拾荒老人〉）

　　一開頭以倒裝句型先寫出喻依，「枯枝」、「骨頭」，喻詞為
「般」，再點出喻體原來是老人的雙手，將老人的一雙手比喻為枯
乾的樹枝與不帶肉的骨頭，骨瘦如柴，脆弱易折的形象赫然眼前。

（二）暗喻

　　是將喻體和喻依用「是」、「為」等繫辭連接起來的一種比
喻。茲例舉如下：

　　六月的南方，很冷

　　比冰島還冷，我的心

　　是一座小小的城

　　被一場遽雪淹沒（〈六月很冷〉）

　　母親的過世令作者即使身在台灣南方也倍覺寒冷，並把自己的心暗喻為一座小小的城，瞬間被突如其來的大雪淹沒，無力抗拒天災，使得這座小城失去生機，母親的過世詩人也無力挽回，充分流露頓失母親後心中的悲觀無助。

（三）借喻

　　完全省略喻體，僅說出喻依的比喻。茲例舉如下：

1.

　　也曾想過　是大鵬

　　飛越千山萬水

　　也曾夢過　如白駒

　　馳騁北國草原

　　如今啊驚覺

　　一隻綿羊

　　在人工的牧場

　　宿命的生活

　　而奉獻所有

　　也祇不過是

　　　那麼一點

　　　皮毛（〈悟〉）

　　此詩包含暗喻、明喻及借喻。詩人曾經想像自己像大鵬般展翅
高飛，也曾夢想如一匹白駒，恣意馳騁在北方遼闊的草原，但最終
發現自己只能像隻綿羊般，柔順認命地在非自然的牧場生活，詩人
自比為綿羊，與夢想中的大鵬、白駒對比，前虛後實，悟出知命乃
人生之必要。

　　2.

　　　一隻隻餓獸

　　　懷著巨大無比的哀傷，被餵以

　　　一口口棺木，吐出了

　　　一堆堆骨骸，之后

　　　慢慢冷靜下來，且陷入

　　　一種可怕的沉默（〈火化爐〉）

　　此詩利用借喻將火化爐比喻為一隻飢餓不堪的野獸，不斷地被
餵以棺木，啃蝕殆盡後，吐出一堆堆骨骸，「餓獸」恐怖的形象同
時也源自於人類對死亡的恐懼。

二、轉化

黃慶萱認為：

> 描述一件事物時，轉變其原來性質，化成另一種本質截然不
> 同的事物，而加以形容敘述的，叫做轉化。[12]

轉化包括擬人、擬物、形象化，將個人的感情主觀地投射在外
物上，產生移情作用為擬人，擬物則建立在聯想作用的基礎上，形
象化則是使抽象的人事物化為具體。雨弦在生命的窗口看盡陰晴圓
缺，在生死的場合體會生命的悲歡離合，在詩的技巧上善於使用轉
化來傳達自己的情緒與意念，同時也增強語言的形象性，以下證以
詩例：

（一）擬人化

擬物為人，賦予客觀事物以人的感情、思想、行為，使其人格
化，使人獲得生動親切的印象，也有利於激發強烈的感情。茲例舉
如下：

---

[12]　黃慶萱，《修辭學》，台北：三民，1986年，頁267。

1.

　　秋日的黃昏

　　一堂生死學的課

　　在池畔開講

　　老教授先來一步

　　指著蓮蓬說

　　修行已成正果

　　蒼茫中我瞥見

　　一輪落日

　　在生死之間

　　沉思（〈一池殘荷〉）

　　蓮蓬中有蓮子，蓮子可食，蓮修成正果也帶來價值，殘荷是結束也將是下一個花期新的開始，那麼人的死亡是結束或者也是一個開始？在秋日蒼茫的黃昏裡，一輪落日因為殘荷的啟發在生死間「沉思」，對於自己的隱沒或許也賦予了新的意義，詩人對著落日的沉思產生了移情作用，物我合一。

2.

　　土，哭腫了
　　碑，愣在那兒
　　而千千結的蔓草
　　想解開些什麼（〈詮釋〉）

　　土的哭、墓碑的發愣，以及千千結的蔓草似乎想努力的掙脫、
解開些什麼，詩人充分發揮想像力，利用擬人法將生人省墓悲傷的
情緒或死者不甘心的心情轉移到墳墓周圍的土、碑、草，擬人化的
動詞使墳墓的形象更生動而鮮明。

3.

　　兩支白燭兩行熱淚
　　鮮花水果們
　　卻在供桌上爭吵了起來
　　再也忍不住的供桌
　　拔腿就
　　跑（〈祭之外〉）

　　供桌上兩根白燭，應景地垂著兩行熱淚，兩行滴下的蠟油似乎
在為亡者哀悼，在桌上的鮮花水果「們」，則是意見不合「爭吵了起

來」，似乎在暗示著祭亡場合的親友們也是各自盤算，爭執不斷，最後旁觀者供桌「再也忍不住」，選擇遠離是非之地，「拔腿就／跑」，此詩運用動詞、量詞、形容詞的擬人化，達到啼笑皆非的效果。

4.

忽然，背後的一口棺木說話了

生也一半，死也一半

喜也一半，悲也一半（〈一半〉）

棺木店的老闆結婚，充滿喜悅熱鬧，畫面呈現一半喜宴，一半棺木，此時背後的棺木忽然「說話」，以旁觀者客觀的立場洞悉世情乃生死參半，喜悲相隨。

5.

給我水，給我水吧

在極平凡卻暗藏玄機的

菜市場的角落

有誰？誰能聽到

我最末最微弱的

呼聲（〈魚語之一〉）

此詩將菜市場角落的一條魚擬人化，魚的開口似乎在極力呼喊著「給我水，給我水吧」，並自問有誰能聽到自己「最末最微弱的／呼聲」，詩人藉由魚的被漠視來暗示社會的角落也有許多需要被幫助的人，一點一滴的幫助都是他們生存的極大動力。

6.

燙金的名字

從大理石跳出

把我的眼擊傷

淚流不止（〈墓碑〉）

母親的驟逝令詩人一時之間難以接受，來到母親墳前省墓，看見墓碑上母親的名字，悲傷難捱，「燙金的名字／從大理石跳出」，專注地對著母親名字發愣的詩人，再度被母親過世的事實打擊，「把我的眼擊傷／淚流不止」，詩中的「跳」、「擊」兩個動詞使詩的語言形象更富立體感，生動而有力，力道之強，讓作者泣如雨下。

（二）擬物化

擬人為物，將人當作生物或無生物來描寫，藉由物的特性來突顯人的某種品行、行為，藉以烘托出詩人含蘊的思想與情感。茲例舉如下：

1.

　只是，阿母

　那口井，早已被

　埋葬（〈一口井——懷母親〉）

　　此詩借母親姓名——林井來發揮，「那口井」、「埋葬」將母親物性化，井提供生命的泉源，安安分分，不爭不吵，符合母親質樸敦厚的本性與不怨不尤的付出。

2.

　卸下一生的面具

　什麼都不必看

　什麼都不必聽

　什麼都不必說

　什麼都不必想（〈骷髏頭〉）

　　「面具」將人臉物性化，死後臉上皮肉腐爛褪去，剩下骷髏頭一具，性質同卸下面具，看到原來真實的自己。

（三）形象化

　　擬虛為實，使抽象的觀念具體化。茲例舉如下：

1.

你總是以青春的針線

細細地編織著

我們的幸福（〈疚〉）

母親細心呵護孩子長大，從少女到嫁為人婦，生兒育女，用自己的青春年華，在一針一線來回穿梭中細細編織出孩子幸福的未來，小心翼翼，無怨無悔，詩人用「編織」二字將幸福具體化，內含母親無限的情思與堅毅的執著。

2.

六月，凜冽的回歸線上

陽光倏爾在半空

斷了絃，我們

便進入一個前所未有的

黑暗時代（〈母親的手〉）

光線抓不到、切不斷，此詩利用「斷了弦」將陽光具體化，直線進行照射、散發光芒的陽光突然如斷弦般迸開，無法與詩人的心聯結，也使詩人的世界失去了光明，母親的過世令他瞬間摔入黑暗深淵。

3.
　　火化之后

　　這一塊　一塊

　　白色的悲傷

　　一節　一節

　　黑色的思念

　　統統放進

　　這小小　圓圓

　　冷冷的大理石罐裏（〈骨灰罐〉）

　　「一塊　一塊」、「一節　一節」兩組量詞與「白色」、「黑色」兩組形容詞、以及動詞「放進」，將悲傷與思念形象化，化抽象的情緒為具體的、可看可拾取的物，讓人留下鮮明深刻的印象。

三、類疊

　　「同一個字詞語句，接二連三反覆的使用著，叫做類疊。」[13] 在雨弦的生死詩中大量使用類疊修辭法，不管強調語氣或表情達意，都有加分作用，同時也使詩歌產生了內在的情緒節奏與外在複

---

[13]　黃慶萱，《修辭學》，台北：三民，1986年，頁411。

疊的音樂美，「所謂詩歌藝術的複疊手法，就是利用詩的反覆吟唱的效果來強化某種情感、情緒的表現手法，它能直接作用於人的感官，通向大腦和心靈，引起欣賞者情感的迴旋激盪和想像的馳騁飛越。」[14]在字的類疊上分類字和疊字，在句的類疊上分類句和疊句兩種，以下舉數例來分析雨弦的詩作中如何運用類疊法來達到綿密和諧的美感。

（一）類字：

「字詞隔離的類疊」[15]，也就是同一個字或詞語間隔重複使用，茲例舉如下：

1.
　其實，幕起必然要落
　管他的英雄好漢
　管他的凡夫俗子
　一樣的安息（〈詮釋〉）

「管他的」是一種蠻不在意的語調，不管是什麼身分，在生、滅的時間流程中，沒有人可以抗拒死亡的降臨。

---

[14] 盛子潮、朱水涌，《詩歌形態美學》，廈門大學出版社，1987年，頁107。

[15] 黃慶萱，《修辭學》，台北：三民，1986年，頁413。

2.

樹之死亡

成就你，你之死亡

成就誰（〈棺木〉）

　　一句是「樹之死亡」，一句是「你之死亡」，強調同樣死亡，但兩者成就的結果卻不同，樹被利用、砍伐，成為棺木，但棺木的死亡卻不是帶來「成就」，甚至是帶來哀痛與絕望，奪走人們在各行各業的成就。

（二）疊字：

　　「字詞連接的類疊」[16]，就是同一個字或詞語連續重複使用，茲例舉如下：

1.

一隻隻餓獸

懷著巨大無比的哀傷，被餵以

一口口棺木，吐出了

一堆堆骨骸，之后

---

[16]　黃慶萱，《修辭學》，臺北：三民，1986年，頁411。

　　慢慢冷靜下來，且陷入

　　一種可怕的沉默（〈火化爐〉）

　　「一隻隻餓獸」是一個又一個火化爐，排列整齊等待「一口口」棺木推進，「一口口」表示棺木數目之多，一口接一口，火化爐每天不停送往迎來，最後巨大的棺木變成「一堆堆」骨骸，原本是完整的一具，利用一堆堆的疊字強調骨骸的零散，一開始就連續使用三組量詞疊字來表達數量之多。「慢慢冷靜」則以副詞疊字「慢慢」呈現出時間推移的速度瞬間延宕，是寫人們還在適應餵以棺木、吐以骨骸的變化，也是寫火化爐在消化後的音量漸小，「同一小節使用『一隻隻餓獸』、『一口口棺木』、『一堆堆骨骸』，眼前一場場生離死別的情景，彷彿不斷在眼前展開，似乎有一種巨大無比的力量，主導著死亡的進行。」[17]

　　2.

　　孤獨的老人醒來

　　兩口井汲不出一滴水

　　想握握他的手

---

[17]　林水福，，〈從一池殘荷到六月很冷〉，《生命的窗口》，高雄：春暉，
　　2009年，頁12-13。

卻握住兩根柴火

想**聽聽**他的心

卻聽到一**聲聲**

倦了，倦了

步出房門，驀然撞見

一輪落日，正**緩緩**

隱沒（〈落日心情〉）

　　此詩寫獨居老人的景況，利用兩組動詞疊字「握握」、「聽聽」來凸顯詩人對老人急切關心的情狀，但除了握住瘦弱的老人外，只聽見他的心疲弱的說著一聲又一聲的倦了，作者善用「一聲聲」的量詞疊字加強聲音迴盪、不絕於耳的效果，而「緩緩」隱沒的落日，也呼應老人漸漸失去氣息的速度。

　　（三）類句：

　　「語句隔離的類疊」[18]，即同一個句子間隔重複使用，茲例舉如下：

---

[18] 黃慶萱，《修辭學》，臺北：三民，1986年，頁411。

1.

我獨自散步著

走過冷凍房，**靜悄悄的**
走過停棺室，**靜悄悄的**
走過奠禮場，**靜悄悄的**
走過火化場，**靜悄悄的**

我獨自散步著

貓散步著
狗散步著
風從樹梢下來
散步著

我仰望星空
星子俯瞰著我
想起死的況味
可以很美的，就像今夜

我獨自散步著（〈殯儀館的夜晚〉）

　　此詩同樣是類字兼類句，「走過」又「走過」，感覺一位殯儀館館長在夜晚巡視著，同時也融入著他的工作場合，表示對這裡的認同，關愛之情取代了殯儀館陰森森的刻板印象，晚上一切都是「靜悄悄的」，描摹殯儀館夜裡的杳無人煙，貓、狗、風都「散步著」，「我獨自散步著」以單獨一行書寫，呼應「獨自」，分布在詩裡的首、肚、尾，有一種「但少閒人如吾一人耳」的惬意。

　　2.

　　　一群人忙著
　　　從冷凍房，到化妝間
　　　從奠禮堂，到火化場
　　　有人忙著哭泣落淚
　　　有人忙著行禮如儀
　　　有人忙著入土為安
　　　有人忙著火化升天
　　　有人忙著暗算
　　　那一筆不小的遺產
　　　如何瓜分
　　　好讓後半輩子
　　　活得更痛快

　　　一群人忙著（〈殯儀館形色〉）

「一群人忙著」首尾各一句，顯示一群人從頭到尾都在忙。

（四）疊句：

「語句連接的類疊」[19]，就是同一個句子重複使用，茲例舉如下：

　1.
　　影子，影子，影子
　　影子，影子，影子

　　緩緩移動著
　　西天的彩霞
　　我無法
　　挽回（〈老人院〉）

　　一開始連用六個「影子」，一個挨一個，這樣的排列，「讓人眼前浮現老人們拖曳著一輩子被辛苦重壓的緩慢腳步，一步一步踽踽獨行的景象。其次二列影子的排列，給人眾多老人彷彿又趕往某一個目的地，腳步雖遲緩卻停滯不得，或許也有想稍暫歇歇的意

---

[19]　黃慶萱，《修辭學》，臺北：三民，1986年，頁411。

思，可是後邊的影子向前推擠，不得停頓，不能不繼續前行，也莫可奈何的感覺。」[20]既擁擠又孤獨的影子充斥在老人院中。

2.
　　孤獨的老人醒來
　　兩口井汲不出一滴水
　　想握握他的手
　　卻握住兩根柴火
　　想聽聽他的心
　　卻聽到一聲聲
　　倦了，倦了（〈落日心情〉）

「倦了，倦了」以疊句的方式強調老人的疲憊不堪，鮮明表現出其氣息之微弱。

四、設問

講話行文，忽然變平敘的語氣為詢問的語氣，叫作設問。[21]

20　林水福，〈從一池殘荷到六月很冷〉，《生命的窗口》，高雄：春暉，
　　2009年，頁10-11。
21　黃慶萱，《修辭學》，臺北：三民，1986年，頁35。

　　設問的位置分為前、中、後，在篇首設問可以提起全篇主旨，
在篇中適時運用設問則可改變行文語氣，引起讀者注意，在篇末以
問號作結則有餘韻不絕的效果。科技再發達，生死之謎始終未解，
因此在雨弦的生死詩中時常出現設問修辭，提出問題刺激讀者思
考，茲例舉如下：

　　1.

　　　塔裡有人在嗎？

　　　回答我的是
　　　同樣的回聲

　　　冰冷的祭台上
　　　花兒枯落了
　　　甕罈裡的靈魂們
　　　是否醒著？（〈塔的冥想〉）

　　來到類陰間的靈骨塔內，詩人有禮而小心翼翼詢問「塔裡有人
在嗎？」，人跡罕至的塔內只剩回音飄盪。「甕罈裡的靈魂們／是否
醒著？」則是詩人對於鬼魂是否存在的疑惑，人死後是否靈魂不滅？
對於人類來說始終是個未解的謎，詩人的疑問正是全人類的疑問。

2.

幾斤幾兩

你還計較什麼呢（〈撿骨〉）

此詩由兩行問句組成，第一句問死後所剩的骨頭如果秤重還有幾斤幾兩？當然無人會做此荒謬滑稽之事，詩人藉由第一行的嘲諷來引導出主旨：「你還計較什麼呢」，錙銖必較的人類難道在撿骨時還要因風水問題而爭執？死後的人難道只剩骨頭了還要比較？答案很明顯，只是人們不見得跳得出牢籠之中。

3.

在陰冷而潮濕的角落
人寐著，鬼醒著
在寐與醒之間
死亡沒有選擇
而天堂和地獄呢
有沒有選擇（〈殯儀館的化妝師〉）

人類對於死亡沒有選擇，但死後上天堂或下地獄是否能選擇？若能選擇，選擇權是在活著時而非在死後，以「有沒有選擇」來引起省思。

4.

　寸草枯萎了，千鳥也絕

　冷啊，我的母親

　您也冷嗎？（〈六月很冷〉）

　　母親驟逝後，詩人的世界突然陷入黑暗孤冷的絕境，失去母愛的溫暖，讓自己冷得顫抖，一句「我的母親／您也冷嗎？」令人鼻酸，在另一個世界的母親是否還有感覺？撒手人寰的母親是否也和自己一樣孤冷？無論如何，母親再也無法回應。

5.

　菜市場的角落

　有誰？誰能聽到

　我最末最微弱的

　呼聲（〈魚語之一〉）

　　在喧嚷、斤斤計較的菜市場，一條角落的魚質問著：誰能聽到我微弱的呼救？誰來協助我延續生命？這首詩寫出社會的縮影。在忙碌、自私的社會中，有誰能看見別人的需求而予以幫助，哪怕只是一滴水？

6.

小時候

我在你身邊

慢慢地長大

不懂時間的意義

長大後

我離開了你

每過一個母親節

看你慢慢地老去

後來

你離開了我們

每過一個清明節

看自己慢慢地老去

而未來呢

或許，我將回到你身邊

慢慢地長大

然而，時間的意義呢？（〈時間之傷──焚寄母親〉）

豐子愷說：「在不知不覺中，天真爛漫的孩子漸漸變成野心勃勃的青年；慷慨豪俠的青年，漸漸變成冷酷的成人；血氣旺盛的成人，漸漸變成頑固的老頭子。」[22]人們在時間的流轉中經歷生老病死、生離死別，當自己再回到死去的母親身邊時，在超現實的世界裡，時間的意義是否還存在？

五、映襯

在語文中，把兩種不同的，特別是相反的觀念或事實，對列起來，兩相比較，從而使語氣增強，使意義明顯的修辭方法，……在客觀上，人性跟宇宙都存在著許多矛盾；而主觀上，人類的感覺作用又足以辨認這些矛盾。那麼，作為反映人類對宇宙人生之感覺的文學作品，把這些矛盾排列在一起，使其映襯成趣，實在是很自然的事。[23]

李若鶯說：「映襯的主要作用，是透過對照描寫，突出事物的特徵或矛盾，使思想感情更為深刻鮮明，使事物形象生動。」[24]曾擔任老人院院長、殯儀館館長的雨弦，看盡人生百相，寫生死詩往

22 楊牧　編，《現代中國散文選》，台北：洪範，1981年，頁170。
23 黃慶萱，《修辭學》，臺北：三民，1986年，頁288。
24 李若鶯，《現代詩修辭運用析探》，台南：火鳥，2002年，頁211。

往往利用映襯來表現事物的矛盾或主次關係，將異質的的字彙對比起來，相互襯托、激越，強化震撼人心的力量，使讀者在對比中得到鑑別，其中以對襯最常見，包括溫度、色彩、情緒、時間、生死的對襯等，茲例舉如下：

1.
　　棺木店的老王結婚了

　　（中略）

　　忽然，背後的一口棺木說話了

　　生也一半，死也一半

　　喜也一半，悲也一半（〈一半〉）

　　「棺木店」與「結婚」是兩個衝突的意象，棺木是死亡的直接聯想物，但卻是老王的生財工具，一般人因棺木而悲傷，老王卻因棺木而喜，因此在棺木邊結婚又何妨？人、事、物之間的種種關係，例如善惡、得失、生死，並非獨立而存在，而是相乎依存，若能洞悉此道理，就能跳脫傳統觀念的窠臼，想必棺木店的老王已經獲得思想的超越。

2.
　　六月的南方，很冷（〈六月很冷〉）

　　台灣的六月、屬於熱帶的南部，都是燠熱一詞的典型代表，但詩人卻出乎意料說「很冷」，一實一虛，虛實相對，暗示母親死後，詩人的內心世界變得孤冷，而炎熱的南方也從此不再溫暖。

　3.

　　彼此是鄰居

　　住在同一條巷道裡

　　這邊

　　湧向大紅的禮堂

　　那頭

　　卻通往黑色的墳場

　　也是鄰居的我

　　今天

　　祇好以**右臉**

　　陪笑，而以左臉

　　哭喪著──（〈黃道吉日〉）

　　此詩用了四種對襯，包括顏色對襯：活力與熱情的「大紅」與蕭穆悲悽的「黑色」，場合對襯：幸福的「禮堂」與哀慟的「墳場」，方向對襯：「這邊」「那頭」、「右臉」與「左臉」，表情

對襯：「陪笑」與「哭喪」，看似矛盾的事物卻相容在同一條巷
道、同一張臉上，此乃人生常態。

4.

孔子說，未知生焉知死

老法醫說，未知死焉知生

二人隔空喊話

愈吵愈兇，氣不過

孔子揮起教鞭

老法醫執起解剖刀

隔空交鋒，久久

始終分不出高下

於是，孔子收起教鞭

老法醫也藏起解剖刀

留下錯愕的我[25]（〈老法醫〉）

　　一個是哲學界、教育界的代表：孔子，主張「未知生焉知
死」，另一個是醫學界、科學界的資深代表：老法醫，主張「未知
死焉知生」，前者認為不了解生的道理何以了解死？後者認為先了

---

[25]　雨弦，《用這樣的距離讀你》，台北：文史哲，2003，頁7。

解死才能對生有所覺悟，兩者著重的順序有所不同，和雞與蛋孰先孰後的爭論有異曲同工之妙，最後教鞭與解剖刀不分勝負，留下想一探究竟而錯愕的詩人與讀者。

第三節　文字布局

　　文字布局往往影響詩形與節奏，詩行的長短、文字的疏密形成視覺上參差的效果，也強化情感的抑揚頓挫與強弱，詩人在詩句文字的排列設計，對於讀者閱讀、理解整首詩所欲傳達的內容訊息扮演關鍵性的角色，宗白華在《美學的散步》中提到：

> 詩恰是用空間中嫻靜的形式──文字的排列──表現時間中變動的情緒思想[26]。

　　雨弦生死詩大致由以下幾種形式來造成閱讀時錯落的美感，分別利用類圖象、斷句、留白、標點等技巧使詩歌在進行、停頓間產生節奏的變化。

---

[26]　宗白華，《美學的散步》，台北：洪範，1987年，頁208。

一、類圖象運用

李瑞騰認為「詩具有空間感與建築性，藉由形狀排列以表達意義，這是圖象詩的形成。」[27]台灣現代詩因為漢字方塊的建築特性以及跨行技巧的靈活使用，使得圖象詩逐漸成為一股風潮，丁旭輝則在《台灣現代詩圖象技巧研究》中提出「類圖象」詩的說法：

> 「類圖象詩」指的是在一般的非圖象詩中，引入圖象詩的創作技巧，透過文字排列，造成一種視覺上的圖象暗示。相對於圖象詩的實物仿擬，「類圖象詩」乃是利用視覺暗示技巧，提供讀者一個想像空間，並藉此豐富詩歌的意蘊。[28]

文字排列成圖象除了引起讀者閱讀時的趣味，也展現作者的創意，如雨弦的〈老人院〉：

影子，影子，影子
影子，影子，影子

[27] 李瑞騰，〈「圖象詩大展」前言〉，《臺灣詩學季刊》第31期，2006年6月，頁6。

[28] 丁旭輝，《台灣現代詩圖象技巧研究》，高雄：春暉，2000年，頁207。

緩緩移動著

西天的彩霞

我無法

挽回

　　丁旭輝認為此詩充分運用文字的排列技巧來達到視覺暗示的
效果：

　　　　第一段以圖象暗示的技巧，寫下散落一地的影子，一方面暗
　　　　示老人院裡四處活動的老人，一方面也暗示詩中主角帶著沉
　　　　重的心情四處娜移踱步。[29]

　　利用兩排並列的影子寫老人院中四處散落著沉重的腳步，一個
挨著一個，再如〈告別式〉[30]更具體寫下告別式場合的布置擺設，
令人一目了然：

---

[29]　丁旭輝，《淺出深入話新詩》，台北：爾雅，2006年，頁128。
[30]　雨弦，未發表。

輓聯輓聯輓聯輓聯輓聯輓聯
人人人人人人人人人人人人
花圈花圈花圈花圈花圈花圈

上香——
獻花——
敬果——

親愛的，一路好走！

　　告別式場合滿是送行的人，四周都是各界送來的輓聯與花圈，
將要描述的告別式場景直接利用視覺效果外顯出來，形成立體感，
利用圖象製造綿延效果，也與第二節每人公祭程序的短暫相對，
表現出人潮之多但動作之匆忙。〈老人院〉與〈告別式〉皆利用
類圖象技巧兼類疊修辭，使節奏更緊湊而綿密。再看〈獨居老
人〉：

黃昏的海上一人獨自漂流

以獨行詩暗示老人的生存狀態，似乎看見一葉小船孤單的在茫茫大海中漂流，無邊無際，無所依靠，如同被遺棄的老人，煢煢獨立，對未來茫茫無所知，在時代的潮流中獨自飄盪。

二、斷句運用

不同的詩作是不同文字符號的排列組合，《詩歌型態美學》中提及：

> 當詩人根據自己情感的變化和流動、起伏和強弱調整了詩行的長短、跨行和分節時，他實際上已經把抒情主人公情感活動軌跡的外化形態的最表層呈現到了讀者的面前。[31]

詩的斷句與散文不同，現代詩的外在形式任作者自由安排，有些詩行固然是一個完整的語句，但詩人因表現上的需要，可以一句一行或兩、三句一行，或為求節奏變化或意象跳躍，而把一完整的語句從中切斷，將原本符合語法結構的句子分行割裂，將原可一行結束的句子卻分裂成兩行甚至數行，以便造成句斷而意不斷的效果。

---

[31] 盛子潮、朱水涌，《詩歌型態美學》，廈門：廈門大學，1987年，頁119。

　　一首情感濃烈，或情感幽微的詩，在節奏上就必須要求更多
　的起伏轉折，於是在句型上就時而短，時而長。[32]

　　雨弦也擅長用這樣的技巧達到所要表達的效果，切斷而濃縮的
文字，形成了反向膨脹的力量，例如〈殯儀館〉寫眾人離去後，
「留下一地的／死／寂」，死亡與寂寥都是眾人喧鬧過後留在殯儀
館的，將死、寂斷句成兩行來做雙重強調，與前文形成對比，先長
後短，前動後靜，給人無法言喻的淒清之感。〈母親的手〉寫詩人
在母親死後「緊握那雙結繭而冰冷的／手」，先用長句表明詩人緊
握母親雙手的時間之長與感情之深，再將手斷成一行，母親的一雙
手似乎已經隔離在另一個世界，結繭而冰冷的觸感對詩人而言顯得
陌生而引人悲傷，另外，在〈六月很冷〉提及母親之死使自己的心
的溫度已降到冰點以下，冰點以下：「是無法超越的／死亡」，既
然死亡無法超越，因此利用視覺上兩行分立的技巧，來達到無法跨
越死亡界限的效果，〈黃道吉日〉則是說明自己身為鄰居在同一天
同一條巷道裡同時面對喜事與喪事的矛盾：「祇好以右臉／陪笑，
而以左臉／哭喪著」，與原本「祇好以右臉陪笑，而以左臉哭喪
著」更有參差、錯落感及衝突性，製造出一種左右臉、喜樂悲傷變

---

[32] 洛夫，《孤寂中的迴響》，台北：東大，1981年，頁145。

換不及的滑稽感。另外如〈一口井──懷母親〉：「只是，阿母／那口井，早已被／埋葬」、〈詮釋〉：「如何讓他有個美好的／完成」，都是一行分為兩行或數行，分行的結果使詩意停頓、節奏中斷、變緩，目的都在強調所要表達的字句。類似句子長短錯落的視覺感以及情感的強化效果的例子，不勝枚舉，在斷句的微細之處看出詩人的匠心獨運。

三、留白運用

留白是中國文人繪畫中的重要技巧，留白延伸了形象，將筆墨無法表現的靈性與思維做了超越，使欣賞者獲得無限的妙悟。在詩中，文字是有形符號，空白是隱形符號，兩者相輔相成。留白是一種圖象技巧，有其意義與節奏功能，在意境上不是真空，乃正是生命流動之處，丁旭輝說：

> 正如它在繪畫中「虛實相生」、以它的空而可納萬境一樣，它在詩中也成為一種在無文字處創造詩境的技巧，看似自然無奇，卻可烘托文字所創造出來的詩意詩境，予以擴大加深，甚至創造文字所不及之空靈詩境，堪稱「不著一字，盡得風流」。[33]

---

[33] 丁旭輝，《台灣現代詩圖象技巧研究》，高雄：春暉，2000年，頁358。

　　例如〈火化爐〉利用空行留白將火化場凝結的氛圍具體化：

　　　一隻隻餓獸
　　　懷著巨大無比的哀傷，被餵以
　　　一口口棺木，吐出了
　　　一堆堆骨骸，之后

　　　慢慢冷靜下來，且陷入
　　　一種可怕的沉默

　　在火化爐嗶嗶剝剝燃燒完人的軀體，吐出一堆堆的骨骸後，當下所有人的情緒其實是凍結、張目結舌、一時之間無法接受的，因此詩人利用空行留白來做緩衝，適度的空行留白也似乎是顯現出家屬一時間的腦袋空白，然後轉入冷靜、可怕的沉默，詩節的空白猶如鏡頭的轉移，從火化爐的聲音到眾人的沉默，從空間上的一堆堆骨骸移轉到時間上的慢慢沉澱，鏡頭在交替中顯映出前後的對比，以無聲的留白陳述世事的變換。〈塔的冥想〉則是利用空行的留白來表現聲音的迴盪：

塔裡有人在嗎？

回答我的是
同樣的回聲

　　中間的留白使詩人的詢問聲多了在塔中空氣間停留的時間，形成立體環繞效果，羅門說此一留白「將塔隱藏中的寂靜、神祕、奇妙的『回聲空間』，都至為具體確切的表現了出來。」[34]〈殯儀館的夜晚〉也是另一例：

我獨自散步著

走過冷凍房，靜悄悄的
走過停棺室，靜悄悄的
走過奠禮場，靜悄悄的
走過火化場，靜悄悄的

我獨自散步著

---

[34]　羅門，〈讀雨弦詩作感評〉，《大海洋詩雜誌》第48期，1995年10月，頁73。

貓散步著
狗散步著
風從樹梢下來
散步著

我仰望星空
星子俯瞰著我
想起死的況味
可以很美的，就像今夜

我獨自散步著

　　利用空行留白的技巧，製造一個人於夜晚在偌大的殯儀館散步
的空曠感，以「前無古人，後無來者」獨行的視覺效果呼應獨自一
人，「我獨自散步著」分布在前、中、後，也讓人有前前後後、來
來回回散步的愜意，看盡館中的設施、動物、自然景物，有仰望有
俯瞰、有靜有動、好不悠閒自在！丁旭輝認為，詩中適當的留白可
以使詩歌「由靜而動、由有形的視覺暗示到無形的心理暗示，表現
出繁複多采的詩歌意涵，將詩歌的生命感，作了最具魅力與深度的
呈現。這種在無技巧處見技巧的獨特表現方式，豐富了現代詩的表

現樣式與技巧深度,它與文字共創詩性空間,成為一種更深刻、更豐富、更含蓄也更凝練的表達方式、也成為台灣現代詩之獨到特色與貢獻。」[35]

四、標點運用

> 在任何體裁的文學作品中,標點符號都有兩個基本的功能:一個是標示意義(暫時)完足、句子(初步)完成的「意義功能」,(中略),一個是標示語氣停頓的「節奏功能」[36]

標點符號的使用往往影響節奏的進行,雨弦的詩極少使用標點,使用時機視詩的主題而不同,例如〈過客〉:

> 有人來了
> 走了

---

[35] 丁旭輝,《台灣現代詩圖象技巧研究》,高雄:春暉,2000年,頁358-359。

[36] 丁旭輝,《淺出深入話新詩》,台北:爾雅,2006年,頁201。

我留下來
不走

不，走

　　「走了」、「不走」、「不，走」使整首詩呈現走了又停，停
了又走的節奏，「這首詩精采之處就在最後一段，只是在『不走』
之間加上一個逗點，便舉重若輕，四兩撥千金的扭轉了全詩的行進
動線，筆力之健，令人擊節嘆賞！」[37]「就技巧而言有『下雨天留
客天，天留我不留』的影子，但包含意義更廣，層次分明。」[38]因
為一個逗點，使「不走」與「不，走」的意義和節奏有了完全不同
的風貌，有畫龍點睛之妙。另一首短詩〈加護病房〉也是利用逗點
使詩歌更具節奏性：

終站，下車

不行，折返

---

[37]　丁旭輝，《淺出深入話新詩》，台北：爾雅，2006年，頁132。

[38]　林水福，〈從一池殘荷到六月很冷〉，《生命的窗口》，高雄：春暉，
　　　2009年，頁9。

　　這首詩的詩形很整齊，全詩僅有兩節，一節一行，一行兩句，一句兩字，中間輔以逗號。第一個逗號是在終站到站後，收拾行囊、調整心情，準備下車，離開人間，形成第一次停頓，是語氣與步驟上順勢的連接，到了第二節全詩的第二個逗號，是主角突然覺醒，似乎吶喊著：「不行！」人生的旅程怎能就此結束？在加護病房中突然燃起生命的意志力，中間分行留白似乎就是這思考、與死神拔河的過程，以空間表示時間，最後利用逗號做決定性的轉折，最終沒有下車，繼續努力向前面人生的道路奔馳。再看〈一半〉：

　　　忽然，背後的一口棺木說話了
　　　生也一半，死也一半
　　　喜也一半，悲也一半

　　巧妙地利用逗號將生、死與喜、悲剖成兩半，代表人生原本就是出生入死、因事因物而或喜或悲，詩形上的分半呼應詩的意義，長方形的形狀也與說話的棺木外形相符合，是匠心獨運的形式設計。〈殯儀館形色〉也是另一例：

一群人忙著

從冷凍房，到化妝間

從奠禮堂，到火化場

倘若將此詩的逗號刪去，變成「從冷凍房到化妝間／從奠禮堂到火化場」，節奏感馬上產生明顯變化，後者的腳步似乎未停歇，觀察的時間自然短暫，兩句是線與線的進行，而多了逗點後，讓人感覺身為館長的詩人腳步變緩，兩句裡的四個場所形成點與點的動線，每一個逗號代表詩人的駐足觀察，觀察其中的人們在忙些什麼？加上逗號之後更具寫實感。而〈魚語之一〉：「給我水，給我水吧」兩句之間善用逗點來製造停頓，乾渴的魚似乎在努力吞嚥著，這一點有如這條魚僅剩的最後一滴口水，兼具圖象效果，一隻缺水的魚絕不可能流暢而不斷的求救，此逗點使整首詩更有張力。

第四節　意象塑造

意象能將詩人所要表達的情意生動活潑的表現出來，給予讀者深刻鮮明的印象與共鳴，是讀者與作者心靈交流的管道，藉由意象的創造，作者能將抽象的情意或哲思具體的傳達給讀者，因此意象不但深化情感的層次，也豐富了語言的內涵，向明說：

「意」即心中的主意、意圖，包括思想、觀念、看法、情緒
等內在隱形活動。「象」則是外在的現象，包括世間一切看
得到、摸得到的事事物物。將隱形的「意」藉外在相應可感
可觸的「象」表達出來，使它落實，這就是「意象」的簡單
道理[39]

李元洛在《詩美學》中說：

所謂詩的意象，就是主觀的心意和客觀的物象在語言文字中
的融匯與具現，是生活的外在景象與詩人的內在情思的統
一，它是詩歌所特有的審美範疇。[40]

因此，意象在現代詩中是一項很重要的元素，透過意象可以發
掘詩人獨特的詩味與詩意，進而鑑賞其詩歌之美，林文欽評雨弦的
生死詩說：「雨弦詩的意象玲瓏剔透，飽滿且富有想像餘韻」[41]，

---

[39] 向明，《詩來詩往》，台北：三民，2003年，頁159。

[40] 李元洛，《詩美學》，台北：東大圖書，1990年，頁167。

[41] 林文欽，〈窗口觀詩觀自在〉，《生命的窗口》，高雄：春暉，2009年，
頁17。

以下筆者以林師文欽在《現代詩鑑賞教學研究》對意象的分類作雨弦生死詩中的意象類型整理：

一、賦陳意象

「賦陳意象指直接描述景物、人事，直接抒發情感的意象。」[42]賦有鋪陳之意，賦陳意象就是將詩的描寫主題做直接的描摹。以〈一口井──懷母親〉為例：

> 那時，在鄉下的我們
> 不懂什麼自來水
> 什麼水污染
>
> 是阿母，你的名字
> 一口井
> 養活我們
>
> 我們以繩索探索
> 愛的深度

---

[42]　林文欽，《現代詩鑑賞教學研究》，高雄：春暉，2000年，頁89。

你輕脆回答，且注滿甘泉
我以扁擔挑回
倒入水缸

而你，總是在太陽出來前
浣去我們一身污穢
用最傳統的肥皂
近似我們的膚色

想起阿母，那口井
純淨而甘美
想起年幼的我們
吸吮愛的乳汁
只是，阿母
那口井，早已被
埋葬（《生命的窗口》，頁88）

　　水，是所有生命的來源之一，純淨的水是所有生物共同的需求，萬物若缺少了水，將如同身處沙漠中，極難生存下去。易經的四十八卦水風井說：「往來井井」，古代人生活往來之處都需要

井，彖辭曰：「巽乎水而上水，井；井養而不窮也。」說明井水用途乃是用繩索繫住水瓶汲水上來，可以養活眾人。母親，是每個生命的來源，詩人利用歌頌一口井的詠物詩來懷念母親，除了是以母親的名字為念，也是以井水「純淨而甘美」的視覺與味覺意象來表徵純淨無瑕的母愛。井水是古早鄉下的重要水源，在鄉下長大的雨弦，母親無法給予許多物質上的豐足，詩人利用天然的地下水對比自來水及水汙染，即鄉村與都市的對比，天然純真的生活比起都市的便利汙濁，擁有的物質不多卻有單純的喜樂。因此井水在第一節中象徵的是純樸的鄉下生活，也點出井水的特質。井水通常貯藏在地下幾十公尺深，用汲水的繩索繫上水桶就可拉上清澈的井水，老子曾盛讚水的價值：「上善若水，水善利萬物而不爭，處眾人之所惡，故幾於道。」水是宇宙形成的的重要元素，但卻自處卑下；水單純無華，卻是生命的共同來源，如同詩中的母愛在平凡中見偉大。詩人以「以繩索探索／愛的深度」，就如同孩子不斷希望母親滿足自己的需求，而結果是「你輕脆回答，且注滿甘泉」，回應的是溫柔又滿滿的愛，「我以扁擔挑回／倒入水缸」孩子將每一次母愛的給予灌注在自己的生命中，滿足而幸福，而井水除了解渴，亦可洗滌，「浣去我們一身污穢」象徵母親的努力教導，感化子女的頑固不馴，「純淨而甘美」的母愛成為孩子一生的感念，詩人回憶兒時如何吸吮愛的乳汁，如何汲取母親這口井，如今井水乾

涸，「那口井，早已被／埋葬」，似乎看見一口廢井荒涼在郊外，如同母親的軀體埋葬在荒涼的墳中，意象鮮明。水、土乃生命的基本元素，雨弦生死詩中的意象除了常見到水所象徵的生命之源，如〈愛河〉：「然則伴著我成長的／是母親愛的乳汁愛的血液釀造而成的河」、〈魚語之一〉：「給我水，給我水吧」、〈落日心情〉：「孤獨的老人醒來／兩口井汲不出一滴水」，也有土所象徵的生命歸宿，例如〈過太麻里〉：「都市的遊子，貪婪地／吸吮著大地的乳房」、〈葬儀社〉；「離去後／我是護花的春泥」、〈骨灰罐〉：「不成塊不成節的／灰／就讓她化作泥／與大地合一」，〈詮釋〉也是一首直接描寫墳墓外在形象的詩作：

> 土，哭腫了
> 碑，愣在那兒
> 而千千結的蔓草
> 想解開些什麼（《生命的窗口》，頁76）

此詩寫墳墓的外觀善用動態意象，寫土的壟起，用擬人化的動詞「哭腫了」，寫碑的站立，用「愣在那兒」，具體又帶有感情，至於荒藤蔓草的纏繞，則利用類疊「千千結」來說明其複雜難解，似乎試圖「解開些什麼」？土，是生命能量的根本來源，《周易‧

坤卦傳》：「地勢坤，君子以厚德載物。」聖經創世紀第九章第十九節：「你必汗流滿面纔得餬口，直到你歸了塵土，因為你是從土而出的。你本是塵土，仍要歸於塵土。」土壤給予生命，亦將埋葬生命，它是生命的元質，也是生命的最後趨歸。

二、比興意象

比，就是以物比物，也就是比喻，興，乃觸景生情，相當於修辭學中的象徵，比和興一顯一隱，兩者同中有異，林文欽認為：「比興意象即是運用足以比興事物的語言符號組合而成。作品通過比興事物的語言符號的烘托渲染，或比賦象徵、情景交融，詩人的意象語詞即有了比喻、象徵的意義。」[43]因此讀者必須對喻體有所領會才能明白詩作的暗示，從雨弦的生死詩可以找到比興意象的例子，例如〈魚語之二〉：

> 那會是
> 外婆屋簷下的魚乾串嗎

---

[43]　林文欽，《現代詩鑑賞教學研究》，高雄：春暉，2000年，頁113。

童年已逝，海已遠
掛在眼前的
是被封過、曝過
僵化了的
自己

忽聞背後
有貓的叫聲傳來（《生命的窗口》，頁34）

　　詩人小時候與外公外婆感情很好，在鄉村生活中時常看見庭院
的人家，包括外婆家曬魚乾串，因此長大再次看到魚乾串，觸景生
情，第一節以魚乾串起興，第二節抒發物換星移的感慨，「童年已
逝，海已遠」，據詩人所述，小時候住在靠海較近的鄉下，到了長
大後搬到都市，離海愈遠，因此海的距離與童年的距離成正比，而
海越遠之處越乾燥，就如同離童年越遠的自己越見乾瘦，「掛在眼
前的／是被封過、曝過／僵化了的／自己」，具體地用封過、曝
過、僵化等於乾製作過程的動詞來深刻寫出魚乾串的外在形象，並
將眼前既熟悉又陌生的魚乾串比喻成已經老化不再豐腴的自己，比
喻成歷經滄桑、受盡風霜、嘗盡人世冷暖的自己，與兒時幸福快

樂、無憂無慮的生活暗自對比，一、二節一實一虛，虛實相間，巧
妙的意象深具獨創性。「忽聞背後／有貓的叫聲傳來」，貓最喜歡
吃新鮮的魚，難道連這一乾癟的魚乾串也不放過？難道生命被榨乾
的自己還要繼續忍受現實的欺壓？「背後」隱含著未知、暗藏玄機
與危機，到底貓是否衝著自己來也不得而知，「最末兩句，輕巧中
帶著警世」[44]，忽聞貓叫將視覺轉換為聽覺，也將陷入長思的詩人
拉回真實世界，生命雖然有苦痛，但應捨棄哀傷自憐選擇把握當
下，謹慎樂觀面對不可知的未來。詩人利用聽覺意象——背後的貓
叫留給讀者想像空間，無怪乎余光中說：「末兩行甚妙」。

三、理趣意象

> 理趣意象是蘊含哲理的意象，也就是將哲理寓於感性生活形
> 象中。[45]

詩歌重視美感與情趣，若只單獨說理，不免流於生硬乏味，如
徐應佩所說：「哲理詩有形象才有可感性，有感情方具動人性。有此

---

[44]　張默，〈讀雨弦詩作感評〉，《大海洋詩雜誌》第48期，1995年10月，頁
　　75。

[45]　林文欽，《現代詩鑑賞教學研究》，高雄：春暉，2000年，頁134。

二者，則其理不抽象，而睿智燦然，理趣盎然。」[46]因此詩若能伴隨
情感，將哲理形象化，更能達到感染的效果。以〈骷髏頭〉為例：

> 卸下一生的面具
> 什麼都不必看
> 什麼都不必聽
> 什麼都不必說
> 什麼都不必想
>
> 卸下一生的面具
> 什麼都可以看
> 什麼都可以聽
> 什麼都可以說
> 什麼都可以想
>
> 卸下一生的面具
> 你終於做你自己（《生命的窗口》，頁66）

---

[46] 徐應佩　主編，《歷代哲理詩鑑賞辭典》，武漢：湖北教育，1994年，頁
13。

　　「面具」是一成不變的表情，它是一種戴在面上的物件，通常是用來保護、隱蔽、表演或做娛樂用途，而人往往戴著各式各樣的面具在社會團體中生活，在被中傷時戴著面具保護自己，與人意見不同時，戴著面具迎合別人，利用面具來遮蓋真實的自我，隱藏心中的慾望與外顯的情緒，詩人以「面具」做為意象，說明人的一生從小到大，讀書、工作，在各種人際關係裡都必須小心翼翼、努力壓抑，無法坦蕩蕩面對內心的世界，在現實生活中無法做自己，就只得將面具一層一層戴在臉上，面具代表的可以說是虛偽也可以說是禮儀，直到死後才能將一生的面具一層又一層卸下，什麼都不必做，也什麼都可以做，感官的看、聽、說、想，隨心所欲，「你終於做你自己」，死後終於鬆一口氣，盡其在我。詩人藉由此詩告訴讀者，死亡才是真解脫，不必恐懼排斥，因為那將是一個真正自由的世界。

　　〈撿骨〉則是利用短短兩行十一個字點出放棄我執，學習放下的道理：

　　幾斤幾兩

　　你還計較什麼呢（《生命的窗口》，頁64）

　　此詩在諷刺說理中妙趣橫生，人類的計較似乎到死也永無休止？丁旭輝說：「生前與人稱斤論兩、比較身分地位面子的輕重也就算了，難道死後屍爛骨存之餘，還要計較斤兩輕重嗎？……短短兩行，意象萬千！這首詩不只是雨弦詩中的精品，也是台灣現代詩的精品。」[47]

---

[47]　丁旭輝，《淺出深入話新詩》，台北：爾雅，2006年，頁136。

第六章

結論

第六章　結論

　　潘麗珠說：「詩的篇幅不比散文，唯有講究文字精鍊才能寓少數的文字而有豐富的義涵。」[1]雨弦文筆簡練、意境清新，融會傳統與現代，字裡行間表現出溫柔敦厚的感人旨趣，雨弦的生死詩尤以短小而精幹的短詩為妙，評論者多注意到此點。小詩沒有充裕的空間雕琢語言，它著重於在簡易明白之中體現作者的想法，張默認為「小詩講究趣味性與創意，也是『思、情、趣』三者的複合體」[2]，例如雨弦的〈過客〉、〈終站〉、〈撿骨〉、〈獨居老人〉，或寥寥幾字道出人在面對生死的計較、矛盾與掙扎，或獨到地點出老人生存的狀態，寫生死詩的雨弦，用的不是繁複的文字，而是簡單明瞭、深刻有力的文字，雅俗共賞，使讀者願意一窺究竟，並理解生死是如此簡單自然。雨弦生死詩的一大特色，在給予讀者點到為

---

[1]　潘麗珠，《現代詩學》，台北：五南，1997年，頁240。
[2]　張默，《小詩選讀》，台北：爾雅，1987年，頁15。

止的頓悟以及意味無窮的含蓄美，透過旁敲側擊，婉轉地暗示出本意，用凝練的語言概括生死，引人深思，獲得啟示並產生美感。

　　本論文以雨弦的生死詩為研究對象，全文分為五章，分別從雨弦的生平與創作歷程，其詩的主題內涵和藝術手法等面向進行探究與分析。第一章為緒論，說明筆者研究雨弦生死詩的動機、方法，及生死詩定義。人有生就有死，然而生從何來？死往何去？生命的價值到底為何？台灣在經濟的不景氣，失業率增加，社會大眾面對的生活與生命難題漸增，又加上人口老化，癌症及慢性病高居十大死因，以及氣候異常，天災頻傳，衝擊國人的生命價值觀，引人深思在生命的無常中，究竟生命的意義與出路為何？近十餘年來，台灣經歷九二一震災、SARS、八八水災等等，面對每一次死亡的威脅，讓人們更了悟到生與死往往就在一瞬間，讓我們無法掌握也措手不及。生老病死的苦樂，是人人都會感受到的普遍情感，在這個天災人禍頻傳的時代，雨弦以詩引導恐慌、空虛的人們正視生死，活在當下。

　　第二章為生平，敘述雨弦的生世背景、求學過程、職場經歷、創作歷程。本章介紹雨弦如何從一位鄉野村童，一步一腳印成為政府公僕，又能為社會寫出一首首動人的生死詩，安慰無數悲泣的讀者心靈，成為台灣生死詩界的先驅。

　　第三章生死觀，了解雨弦生死詩背後的哲學基礎，包括儒家觀、道家觀以及佛家觀。生死觀是關於人的生命及其死亡問題的基

本觀點和看法,而儒、道、佛是中國傳統文化思想的三大支柱,三者的生死觀思想不斷引導著人們對生死的態度。詩人的生死詩,除了受到儒家教育的影響外,也受到道家老莊、以及佛家思想的影響,詩人曾說:「人面對死亡的態度是可以調整的,因為有生就有死,不妨修習佛理,追隨老莊,達到生死齊觀的境界。」本章著重在生死詩背後的儒、道、佛生死觀探究,並援以詩例。

　　第四章進行主題內涵分析。分別將雨弦生死詩的主題分為生的體認與死的體悟,其中生的體認包括生命哲理、老齡關懷,死的體悟則分為喪親之痛、殯葬哲思、祭亡眴想與幽幻鬼墳。

　　第五章在探討雨弦生死詩作的藝術手法。此章針對生死詩形式的部分作藝術探究,包括章法結構、修辭技巧、文字布局、意象塑造,了解雨弦如何以淺顯純淨的語言表達生死高妙的意境。

　　第六章結論。雨弦生死詩的價值在於他拓展現代詩的領域,同時也豐富生命教育的教材,不僅以現代詩寫常見的生命哲理、喪親之痛,他也以現代詩寫老人、寫殯葬、寫鬼墳。藉由詩的題材,雨弦傾心匯注他對生死的思想與情感,將生死放在哲學的思辯上,冷靜省思生死的意義,營造出平和的詩味,對於生死他從個人內在、週遭親人向外推及到社會群體關懷,他的生死詩撫慰我們的心靈,提高讀者的精神層次。因為他的詩根植於殯葬所與老人院的現實生活,在當中直接的內省與外觀,窺看人性面對生死的表現,直接描

寫人性的真相；因為寫的是社會共相，讀來更具共鳴與親和力，其
生死詩中所表現出的真實，切近大眾的生命內容，讓一般人可以虛
懷地接受那裡面的生命表現，教人重估眼前的生涯。雨弦乃國內第
一人將殯葬大量納入現代詩者，成為他的主題特色，舉凡火化爐、
殯儀館、靈骨塔、墓碑、棺木、骷髏頭、訃聞都成為他詩中的主
角，相關的角色，如殯儀館館長、公墓管理員、殯儀館化妝師、法
醫，常見的社會習俗與現象，如撿骨、公祭、盜墓、黃道吉日喜喪
的矛盾等皆入詩，焦點明確，在現代詩中堪稱獨樹一幟。

　　雨弦以一支詼諧、溫潤的筆寫下他對生命的體悟，寫出眾人對
生死的情感共鳴，詩中沒有尖銳的措辭，而是用側筆點出個人觀
想，寫生死詩不一味說理也不消極頹喪。

　　簡政珍認為，一個詩人的詩作能夠「觸及哭笑不得的情境，
他已是一個當代性詩人」[3]，證如雨弦的〈其實，我也是很悲傷
的〉、〈一半〉、〈祭〉、〈黃道吉日〉、〈殯儀館的化妝師〉、
〈殯儀館形色〉、〈給盜墓者〉，詩人尤其擅長以諷諭寫喪葬現
實，利用表象和事實產生突兀性的強烈對立，達到反諷效果，一
首首詩作似乎在上演一幕幕人間活劇，讓人啼笑皆非、悲喜兩難。
「佛洛依德認為：『各種形式的幽默都是人類心理的防禦機制，專

---

[3]　簡政珍，《台灣現代詩美學》，台北：揚智文化，2004年，頁222。

門用來對抗生命中的各種匱乏』，佛氏認為幽默具有三種特徵：
『首先，如同笑話和喜劇，幽默具飽含解放能力──他嘲笑人生的
黑暗面，視悲傷、絕望、死亡為無物；他釋放受到社會壓抑的情緒
或行為──譬如瘋狂。其次，幽默強壯自我，使得自我有足夠能力
可以應付外在困頓。最後，幽默不僅代表自我的勝利，更說明瞭愉
悅原則的確能夠對抗現實環境的各種惡意』」[4]雨弦的幽默來自於
他對生死的豁達，能以神觀形，造成一種冷靜的旁觀者敘述口吻；
戮力於哲理的辯證與靈妙的頓悟，詩人對生死的觀點同時具備佛家
的無我無執、道家的逍遙自在和儒家面對現實的踏實，躍然流露生
死的曠達灑脫，他說：

> 我珍惜生命的每一分每一秒，堅信生之美好，才能成就死之
> 圓滿，這就是我生命的信仰。[5]

　　雨弦生死詩的價值在於他拓展現代詩的領域，不僅以現代詩寫
常見的生命哲理、喪親之痛、生態保育，他也以現代詩寫老人、寫

---

[4]　向陽，《向陽台語詩選》，台北：真平企業，2002年，頁282。

[5]　雨弦，〈我在，生命的窗口〉，《生命的窗口》，高雄：春暉，2009年，
　　頁27。

殯葬、寫鬼墳，「儒家的繁複禮法有必要用道家的自然無為來稀釋，否則便會濃得化不開；佛道揉雜的民俗信仰用鬼神之說滿足人心需要，不妨在操作面盡量簡化與淨化。」[6]雨弦的生死詩正是揉合了儒、釋、道，並點出生死禮儀繁複表象下的荒謬。

　　藉由詩的題材，雨弦傾心匯注他對生死的思想與情感，詩人對於死亡的體悟，是將生死放在哲學的思辯上，冷靜省思生死的意義，營造出平和的詩味，對於生死他從個人內在、週遭親人向外推及到社會群體關懷，他的詩作同時具有現實主義的關懷：

　　　　現實主義的文學都能相當生活化、平民化的呈現，而且帶有批判的質素，勇於面對現實的苦難與掙扎，強烈的揭露社會的不義與罪惡，或說是深富救贖的意義，毫不逃避的融入現實社會，描寫黑暗與悲情，帶有人道思想的終極關懷。[7]

　　對於詩人而言，已經能靜謐欣賞生死的原貌，他「在生死交關處觀察人生百態，觀詩，也觀自我存在。」[8]生老病死的苦樂，是

---

[6]　鈕則誠，《殯葬與生死》，台北：空大，2007年，頁182。

[7]　李漢偉，《台灣新詩的三種關懷》，台北：駱駝，1997年，頁30。

[8]　林文欽，〈窗口觀詩觀自在〉，《生命的窗口》，高雄：春暉，2009年，頁17。

人人都會感受到的普遍情感，在這個天災人禍頻傳的時代，雨弦以
詩引導恐慌、空虛的人們正視生死，他的生死詩價值不只在現代詩
領域的開拓，同時也豐富生命教育的教材，成為悲傷輔導的媒介，
因為死亡對於活著的人來說，除了悲傷，也可以是一種學習，他的
生死詩撫慰我們的心靈，提高讀者的精神層次，因為他的詩根植於
殯葬所與老人院的現實生活，在當中直接的內省與外觀，窺看人性
面對生死的表現，直接描寫人性的真相，因為寫的是社會共相，讀
來更具共鳴與親和力，其生死詩中所表現出的真實，切近大眾的生
命內容，讓一般人可以虛懷地接受那裡面的生命表現，教人重估眼
前的生涯。雨弦乃國內第一人將殯葬大量納入現代詩者，成為他的
主題特色，舉凡火化爐、殯儀館、靈骨塔、墓碑、棺木、骷髏頭、
訃聞都成為他詩中的主角，相關的角色，如殯儀館館長、公墓管理
員、殯儀館化妝師、法醫，常見的社會習俗與現象，如撿骨、公
祭、盜墓、黃道吉日喜喪的矛盾等皆入詩，焦點明確，在現代詩中
堪稱獨樹一幟。

　　台灣文學中不乏以生死為主題或進行思考的作品，從日據時代
起，小說中的死亡意象便以作為控訴、反抗的政治符碼。近來，簡
媜《誰在銀閃閃的地方，等你》再度開啟散文領域對生老病死書寫
的注意及討論。而在現代詩方面，雨弦的生死詩無疑作為此議題之
代表。生死乃人生之大事，盼本研究的些許成果能使這個主題之研

究受到關注，也希望未來相關的文學創作和學術研究能茁壯成一支
龐大的「文學生死學」隊伍，讓文學更貼近大眾。

參考文獻

一、雨弦詩集

1.雨弦，《夫妻樹》，高雄：山林書局，1983年。

2.雨弦，《母親的手》，高雄：葫蘆，1989年。

3.張忠進、吳瓊華，《影子》，高雄：市立文化中心，1994年。

4.雨弦，《籠中無鳥》，台北：文史哲，1996年。

5.雨弦，《出境》，高雄：縣立文化中心，1997年。

6.雨弦、林雅玫，《蘋果之傷》，台北：文史哲，1998年。

7.雨弦，《雨弦詩選》，台北：文史哲，1999年。

8.雨弦，《機上的一夜》，台北：文史哲，2001年。

9.雨弦，《用這樣的距離讀你》，台北：文史哲，2003年。

10.雨弦，《因為一首詩》，高雄：宏文館圖書，2008年。

11.雨弦著、錦連日譯，《生命的窗口——中日對照詩集》，高雄：春暉，
2009年。

12.雨弦，《夫妻樹》，台北：釀出版，2013年。

13.雨弦著、王希成英譯，《生命的窗口——中英對照詩集》，高雄：春
暉，2013年。

14.雨弦著、Jeff Mille英譯，《生命的窗口──中日對照詩集》，高雄：春暉，2013年。

二、專書

1.丁福保　編輯，《全漢三國晉南北朝詩》，台北：藝文印書館，1959年。
2.丁旭輝，《臺灣現代詩圖象技巧研究》，高雄：春暉，2000年。
3.丁旭輝，《淺出深入話新詩》，台北：爾雅，2006年。
4.覃子豪，《論現代詩》，台中：普天，1969年。
5.洛夫，《詩人之鏡》，台北：大業，1969年。
6.印順，《學佛三要》，新竹：正閣，1971年。
7.張我軍，《張我軍文集》，台北：純文學，1975年。
8.張默，《小詩選讀》，台北：爾雅，1987年。
9.張三夕，《死亡之思》，台北：洪葉文化，1996年。
10.張菊香　編，《周作人散文選集》，天津：百花文藝術，2004年。
11.梁遇春　撰、秦賢次　編，《梁遇春散文集》，台北：洪範，1979年。
12.洛夫，《孤寂中的迴響》，台北：東大，1981年。
13.洛夫，《洛夫禪詩》，台北：天使學園公司，2003年。
14.楊牧　編，《現代中國散文選》，台北：洪範，1981年。
15.楊牧　編，《周作人文選》，台北：洪範，1983年。
16.向陽，《四季》，台北：漢藝色研，1986年。
17.向陽，《向陽台語詩選》，台北：真平企業，2002年。
18.向明，《詩來詩往》，台北：三民書局，2003年。
19.黃慶萱，《修辭學》，台北：三民，1986年。
20.葉維廉，《留不住的航渡》，台北：東大，1987年。

21.蕭蕭，《現代詩學》，台北：東大，1987年。

22.蕭蕭，《現代詩縱橫觀》，台北：文史哲，1991年。

23.蕭蕭，《台灣新詩美學》，台北：爾雅，2004年。

24.盛子潮、朱水涌，《詩歌型態美學》，廈門：廈門大學，1987年。

25.宗白華，《美學的散步》，台北：洪範，1987年。

26.鄭烱明　編，《臺灣精神的崛起：笠詩刊評論選集》，高雄：春暉，1989年。

27.鄭曉江，《中國死亡智慧》，台北：東大圖書，2001年。

28.李元洛，《詩美學》，台北：東大，1990年。

29.李淼，《禪宗與中國古代詩歌藝術》，高雄：麗文，1993年。

30.李漢偉，《台灣新詩的三種關懷》，台北：駱駝，1997年。

31.李學勤　主編，《十三經注疏》，北京：北京大學，2000年。

32.李若鶯，《現代詩修辭運用析探》，台南：火鳥，2002年。

33.李魁賢，《李魁賢詩集（六冊之一）》，台北：縣政府文化局，2001年。

34.李翠瑛，《細讀新詩的掌紋》，臺北：萬卷樓，2006年。

35.謝文利，《詩的技巧》，北京：中國青年，1991年。

36.傅偉勳，《死亡的尊嚴與生命的尊嚴：從臨終精神醫學到現代生死學》，台北：正中，1993年。

37.徐應佩　主編，《歷代哲理詩鑑賞辭典》，武漢：湖北教育，1994年。

38.自在居士，《六祖法寶壇經淺注》，台北：圓明，1994年。

39.路易斯‧波伊曼著，江麗美譯，《生與死──現在道德的困境》，台北：桂冠圖書，1995年。

40.余德慧，《生死無盡》，台北：張老師，1997年。

41.余光中，《高樓對海》，台北：九歌，2008年。

42.吳珩主編，《輪迴與解脫——從痛苦煩惱到快樂自在》，台北：宇合文化，1997年。

43.吳達　策畫主編，《關於生死，他們這麼說……》，台北：人本自然文化，2004年。

44.簡政珍，《意象風景》，台中：市立文化中心，1998年。

45.簡政珍，《失樂園》，台北：九歌，2003年。

46.簡政珍，《台灣現代詩美學》，台北：揚智文化，2004年。

47.王夢鷗　註譯，《禮記今註今譯》，台北市：台灣商務，1998年。

48.楊義，《中國敘事學》，嘉義：南華管理學院，1998年。

49.（魏）王弼　等著，《老子四種》，台北：大安，1999年。

50.魏飴，《詩歌鑑賞入門》，台北：萬卷樓，1999年。

51.林文欽，《現代詩鑑賞教學研究》，高雄：春暉，2000年。

52.（唐）般若三藏譯，《大方廣佛華嚴經・普賢菩薩行願品》，台南：和裕，2001年。

53.周夢蝶，《十三朵白菊花》，台北：洪範，2002年。

54.陳幸蕙，《悅讀余光中詩卷》，台北：爾雅，2002年。

55.陳俊輝，《生命思想V.S生命意義》，台北：揚智文化，2003年。

56.陳俊輝，《超越生死的智慧》，台北：字河文化，2008年。

57.牟宗三，《生命的學問》，台北：三民書局，2003年。

58.曾貴海，《鯨魚的祭典》，高雄：春暉，2003年。

59.汪啟疆，《九十一年詩選》，台北：台灣詩學季刊，2003年。

60.釋慧開，《儒佛生死學與哲學論文集》，台北：洪葉，2004年。

61.潘麗珠，《現代詩學》，台北：五南，2004年。

62.魯迅，《魯迅選集》，北京：人民文學，2004年。

63.劉仲容　鄭基良，《生死哲學概論》，台北：空大，2006年。

64.（清）郭慶藩編、王孝魚整理，《莊子集釋》，台北：萬卷樓，2007年。

65.鈕則誠，《殯葬與生死》，台北：空大，2007年。

66.蘇紹連，《大霧》，台中：台中市文化局，2007年。

三、期刊論文與報紙類

1.艾之江，〈析賞雨弦「老榕樹」〉這首詩〉，《台灣新聞報・兒童之頁副刊》，1982年4月18日。

2.向明，〈讀三首寫盆景的詩〉，《青年戰士報・詩隊伍》，1982年8月16日。

3.桓夫、李魁賢、陳明台、鄭炯明，〈新人作品評析：盆景的話〉，《笠詩刊》第113期，頁48-49，1983年2月。

4.向明，〈再出發的燎原〉，《青年戰士報・詩隊伍》，1983年8月2日。

5.劉菲，〈讀詩聯想〉，《葡萄園詩刊》第85期，頁16，1983年12月。

6.劉菲，〈讀詩筆記〉，《葡萄園詩刊》第86期，頁5，1984年3月。

7.落蒂，〈試評《夫妻樹》〉，《中華文藝》第155期，頁107-111，1984年1月。

8.蓉子，〈疚〉，《國語日報・新詩欣賞》，1984年3月9日。

9.朵思，〈致詩人三帖〉，《商工日報・春秋小集副刊》，1984年7月17日。

10.林清泉，〈喜讀夫妻樹〉，《民眾日報・副刊》，1985年3月28日。

11.趙天儀，雨弦的〈一條小河〉，《台灣時報・兒童樂園》，1985年7月7日。

12.陳步鰲，〈詩的淺談〉，《益壯之聲》第41期，頁10-12，1994年。

13. 朱學恕〈令你充電──能抓住生命中某些心跳的美〉，《大海洋詩雜誌》第45期，頁3-4，1994年。

14. 蕭颯，〈遄性與拙趣〉，《大海洋詩雜誌》第46期，頁60-61，1995年。

15. 楊濤，〈珠聯璧合‧交互生輝〉，《大海洋詩雜誌》第46期，頁62-63，1995年。

16. 羅門，〈讀雨弦詩作感評〉，《大海洋詩雜誌》第48期，頁72-74，1995年10月。

17. 張默，〈讀雨弦詩作感評〉，《大海洋詩雜誌》第48期，頁74-75，1995年10月。

18. 張英，〈儒家生死觀的現代解讀〉，《學術交流》第12期，頁29-32，2008年12月。

19. 鄭基良，〈老子生死學研究〉，《空大人文學報》第5期，頁89-109，1996年5月。

20. 李冰，〈生活的、經驗的──讀雨弦新著《籠中無鳥》及《舊愛新歡》〉，《高縣青年》，頁36-37，1996年9月。

21. 鄭基良，〈莊子生死學研究〉，《空大人文學報》第6期，頁129-158，1997年5月。

22. 李瑞騰，〈「圖象詩大展」前言〉，《台灣詩學季刊》第31期，頁6，2000年6月。

23. 李冰，〈參悟生命內涵的詩人──訪問雨弦先生〉，《文訊雜誌》第215期，頁79-82，2003年9月。

24. 李振中，〈試論王梵志詩生死觀特點〉，《名作欣賞》第14期，頁5-8，2007年。

25. 謝輝煌，〈盆景邊的遐思〉，《大海洋詩雜誌》第65期，頁124-126，2002年5月。

26.謝輝煌，〈別踩痛那坨坨護花的春泥〉，《大海洋詩雜誌》第70期，頁122-124，2004年12月。

27.達瑞，〈後來的－年後再翻閱祖母的遺物〉，《聯合報・副刊》，2005年11月12日。

28.蔣美華，〈現代詩中的「死亡」觀照〉，《文與哲》第10期，頁576-596，2007年6月。

29.蘇曉旭，〈生也天行，死也物化──試論莊子的生命觀〉，《三峽大學學報（人文社會科學版）》第30期，頁221-223，2008年。

30.林文欽，〈窗口觀詩觀自在〉，《笠詩刊》第271期，頁123-125，2009年6月。

31.薛君，〈淡觀生死──佛家生死觀淺析〉，《青年科學》第10期，湖南：師範大學公共管理學院，頁274-275，2009年10月。

32.梁琳，〈儒、道、佛生死觀認識與比較〉，《學理論》第11期，頁29-30，2009年11月。

33.林明理，〈振鷺于飛──讀雨弦詩集《生命的窗口》〉，《文訊雜誌》第311期，頁128-129，2011年9月。

34.古遠清，〈在殯儀館寫詩的人──談雨弦的「死亡詩學」〉，《中華日報・副刊》，2014年7月12日。

四、學位論文

1.陳則錞，《李清照詞生命意境之研究》，銘傳大學：應用中國文學系碩士在職專班碩士論文，1996年。

2.程安宜，《從「老莊生死觀」探討國小兒童的死亡教育》，屏東師範學院：國民教育研究所碩士論文，1998年。

3.第八屆全國中國文學研究所研究生論文研討會論文集，《花開花落──人文觀點的生與死》，國立中央大學中國文學系所，2001年。

4.李泓泊，《羅智成詩研究》，南華大學：文學研究所碩士論文，2003年。

5.邱信忠，《曾貴海現代詩之研究》，高雄師範大學：回流中文碩士論文，2007年。

6.陳徽，《佛教教義的生死關照之研究》，高雄師範大學：回流中文碩士論文，2008年。

7.蔡桂月，《蘇紹連及其現代詩研究》，高雄師範大學：國文教學碩士論文，2008年。

附錄一：評論彙編

作者	篇名	刊（書）名	刊出日期
艾之江	析賞雨弦〈老榕樹〉這首詩	台灣新聞報・兒童之頁	1982.4.18
向明	讀三首寫盆景的詩	青年戰士報・詩隊伍	1982.8.16
桓夫、李魁賢、陳明台、鄭炯明	新人作品評析：〈盆景的話〉	笠詩刊	1983.2
李冰	長青的《夫妻樹》	腳印詩刊	1983.7
向明	再出發的燎原	青年戰士報・詩隊伍	1983.8.2
劉菲	讀詩聯想	葡萄園詩刊	1983.12.15
劉菲	讀詩筆記	葡萄園詩刊	1984.3.31
落蒂	試評《夫妻樹》	中華文藝	1984.1
朵思	致詩人雨弦	商工日報・春秋小集	1984.7.17

林清泉	喜讀《夫妻樹》	民眾日報副刊	1985.3.28
趙天儀	雨弦的〈一條小河〉	台灣時報‧兒童樂園	1985.7.7
蓉子	新詩欣賞：疚──給母親的詩	國語日報	1986.3.9
涂靜怡	石頭也有千種的愛	秋水詩刊	1988.4.30
鍾鼎文	詩即是愛	《母親的手》	1989.6
李冰	祝福你，詩人	《母親的手》	1989.6
王蜀桂	守著死人守著詩	中國時報	1990.6.5
陳步鰲	詩的淺談	益壯之聲	1994.3.31
朱學恕	令你充電──能抓住生命中某些心跳的美	大海洋詩雜誌	1994.10.1
蕭颯	迺性與拙趣	大海洋詩雜誌	1995.4.1
楊濤	珠聯璧合‧交互生輝	大海洋詩雜誌	1995.4.1
羅門	讀雨弦詩作感評	大海洋詩雜誌	1995.10.1
張默	讀雨弦詩作感評	大海洋詩雜誌	1995.10.1
綠蒂	文如其人	《籠中無鳥》	1996.7
李冰	生活的、經驗的作品──讀雨弦新著《籠中無鳥》及《舊愛新歡》	高縣青年	1996.9

李冰	落實生活的詩人 ——從雨弦詩品的特質談起	台灣時報副刊	1999.6.7
謝輝煌	盆景邊的遐思	大海洋詩雜誌	2002.5
李玉蘭	親近雨的距離	台灣時報副刊	2003.9.17
李冰	參悟生命內涵的詩人	文訊雜誌	2003.9
謝輝煌	別踩痛那坨坨護花的春泥	大海洋詩雜誌	2004.12
丁旭輝	在死亡的窗口寫詩 ——雨弦詩中的生死學	《淺出深入話新詩》	2006.9.10
簡錦松	深知身在情長在	台灣時報副刊	2006.4.3
林水福	從一池殘荷到六月很冷	聯合文學	2008.12
林文欽	窗口觀詩觀自在	笠詩刊	2009.6
黃耀寬	超越	《生命的窗口》	2009.3
余光中	陰陽交界的窗口	《生命的窗口》	2009.3
林明理	振鷺于飛 ——讀雨弦詩集《生命的窗口》	文訊雜誌	2011.6.1
喬林	雨弦的〈老人院〉	人間福報副刊	2012.7.9
李瑞騰	雨弦積極面對生命	中華日報・副刊	2013.5.2
林文欽	雨弦詩中的生活美學	中華日報・副刊	2013.6.30
古遠清	在殯儀館寫詩的人 ——談雨弦的「死亡詩學」	中華日報・副刊	2014.7.12

附錄二：訪談紀要

時間：民國九十八年八月七日下午2：30～4：30、

　　　民國九十九年二月八日下午2：30～4：30

地點：雨弦住宅

筆者：目前國內尚未有「生死詩」的學術名詞，您是否有自己對生
　　　死詩的定義？

雨弦：我認為生死詩的定義是：「詩人透過自己與生命的對話，尋
　　　求生命的意義與死亡的尊嚴，而以詩的藝術主觀地表現生死
　　　的智慧，讓讀者有所感悟或啟發的文學作品。」

筆者：您有多首懷母之作，想請問母親對您的影響？

雨弦：我的母親是個溫柔、沒有脾氣的傳統女性，我的個性大部分
　　　遺傳自她，小時候因為幫忙顧雜貨店所以和母親相處時間較
　　　長，加上父親納妾，我心裡總覺得母親委屈，所以和母親感
　　　情特別深厚。母親過世時才六十三歲，是因為跌倒、緊急送
　　　醫，後來就不醒人事，因此來不及和母親話別，母親就撒手
　　　人寰，內心特別不捨與哀痛。

筆者：請問父親對您的影響？

雨弦：我的父親是個樂觀、善於交際而感性的人，曾經當過村長，我
　　　當公務人員的應對進退、服務人群以及寫詩的精神都受到他的
　　　影響。他後來罹患肺癌，過世前都臥病在床，我們兄弟輪流看
　　　顧，父親告訴我人開心地來到世上（雖然是哭，旁人卻是開
　　　心），也要開心地離開，他對死亡豁達的精神影響我很大。

筆者：您是否有特定的宗教信仰？詩中常出現蓮或荷是受佛教影
　　　響嗎？

雨弦：我沒有特定的宗教信仰。我很喜歡蓮花主要是因為它的出淤泥
　　　而不染，有清新脫俗帶著淡香的特質，與佛教無太大關聯。

筆者：您是否持有鬼論？

雨弦：對於鬼魂，因為無法由科學實證，我是抱著寧可信其有與尊
　　　重的態度。

筆者：詩作〈空心菜〉中的四棵樹（老聃、莊周、釋迦牟尼、自己
　　　的生死觀）如何影響自己對生死的看法？

雨弦：道家「法自然」，認為死亡是自然現象，佛家講終極關懷，
　　　此外，儒家則是強調死而後已的精神，對於生死，我認為生
　　　比較重要，活著應該珍惜當下，努力幫助別人，努力達到生
　　　時完美，死時圓滿的境界。

筆者：請問您作詩的理念？您認為詩的本質是什麼？

雨弦：我認為詩就是要讀者看得懂，才能讓讀者有所啟發與感悟，
　　　詩應該根植於現實，而不是著力於超現實。我認為詩的語言
　　　應該簡潔而不拖泥帶水，講究「信」──正確、「達」──
　　　表達、「雅」──技巧，也就是善用技巧表達正確的意念，
　　　用最精鍊的語言給讀者最大的感染力。

筆者：是否期待生死詩達到什麼功能？

雨弦：生死是解不開的謎，是一張單程票，人都懼死，我的讀者年
　　　紀從年輕到老人都告訴我，讀我的詩「很有感覺」，我想是

　　　我的詩帶給他們某種程度的安慰與療傷，至於幾首嘲諷詩，
　　我認為則能達到體檢社會的功能，寫詩理當是一種使命感而
　　不只是表現浪漫。

筆者：在殯儀館、老人院工作是如何觸發您寫詩的靈感？

雨弦：我在這兩個單位共十年，讓我在生命的窗口讀詩、寫詩。殯
　　　儀館與老人院都是貼近人生生、老、病、死的場所，可以讓
　　　我就近思考人生、觀察生命。在老人院我看到老人的孤寂無
　　　奈，才知愛的重要性很大，在殯儀館則體悟到人生短暫，不
　　　要計較，應當珍惜生命的每分每秒。

筆者：請問您未來的規劃？

雨弦：我會持續寫詩，如莎士比亞所說：「寫吧！寫到你的墨水乾
　　　涸，再用你的淚水沾濕你的筆尖。」也預計出版《生命的窗
　　　口2》以及將所寫的童詩結集成冊。

語言文學類　PG1171　文學視界64

綻放與凋謝
——雨弦生死詩研究

作　　者/蔡淑真
責任編輯/黃大奎
圖文排版/莊皓云
封面設計/陳佩蓉、李孟瑾

發 行 人/宋政坤
法律顧問/毛國樑　律師
印製出版/秀威資訊科技股份有限公司
　　　　114台北市內湖區瑞光路76巷65號1樓
　　　　電話：+886-2-2796-3638　傳真：+886-2-2796-1377
　　　　http://www.showwe.com.tw
劃撥帳號/19563868　戶名：秀威資訊科技股份有限公司
　　　　讀者服務信箱：service@showwe.com.tw
展售門市/國家書店（松江門市）
　　　　104台北市中山區松江路209號1樓
　　　　電話：+886-2-2518-0207　傳真：+886-2-2518-0778
網路訂購/秀威網路書店：http://www.bodbooks.com.tw
　　　　國家網路書店：http://www.govbooks.com.tw
圖書經銷/紅螞蟻圖書有限公司
　　　　台北市114內湖區舊宗路2段121巷19號（紅螞蟻資訊大樓）
　　　　電話：+886-2-2795-3656　傳真：+886-2-2795-4100

2014年11月　BOD一版
定價：320元
版權所有　翻印必究
本書如有缺頁、破損或裝訂錯誤，請寄回更換

國家圖書館出版品預行編目

綻放與凋謝：雨弦生死詩研究 / 蔡淑真著. -- 一版. -- 臺
北市：秀威資訊科技, 2014.11
　　面；　公分. -- (文學視界；PG1171)
　　BOD版
　　ISBN 978-986-326-286-2(平裝)

　　1. 雨弦　2. 新詩　3. 詩評

820.9108　　　　　　　　　　　　　103016509

讀者回函卡

感謝您購買本書，為提升服務品質，請填妥以下資料，將讀者回函卡直接寄回或傳真本公司，收到您的寶貴意見後，我們會收藏記錄及檢討，謝謝！如您需要了解本公司最新出版書目、購書優惠或企劃活動，歡迎您上網查詢或下載相關資料：http:// www.showwe.com.tw

您購買的書名：＿＿＿＿＿＿＿＿＿＿＿＿＿＿＿＿＿＿＿＿＿＿＿＿

出生日期：＿＿＿＿＿年＿＿＿＿＿月＿＿＿＿＿日

學歷：□高中 (含) 以下　　□大專　　□研究所 (含) 以上

職業：□製造業　□金融業　□資訊業　□軍警　□傳播業　□自由業
　　　□服務業　□公務員　□教職　　□學生　□家管　□其它＿＿＿＿＿

購書地點：□網路書店　□實體書店　□書展　□郵購　□贈閱　□其他

您從何得知本書的消息？

　□網路書店　□實體書店　□網路搜尋　□電子報　□書訊　□雜誌
　□傳播媒體　□親友推薦　□網站推薦　□部落格　□其他＿＿＿＿＿＿＿

您對本書的評價：（請填代號　1.非常滿意　2.滿意　3.尚可　4.再改進）

　封面設計＿＿＿　版面編排＿＿＿　內容＿＿＿　文／譯筆＿＿＿　價格＿＿＿

讀完書後您覺得：

　□很有收穫　□有收穫　□收穫不多　□沒收穫

對我們的建議：＿＿＿＿＿＿＿＿＿＿＿＿＿＿＿＿＿＿＿＿＿＿＿＿

＿＿＿＿＿＿＿＿＿＿＿＿＿＿＿＿＿＿＿＿＿＿＿＿＿＿＿＿＿＿＿＿

＿＿＿＿＿＿＿＿＿＿＿＿＿＿＿＿＿＿＿＿＿＿＿＿＿＿＿＿＿＿＿＿

＿＿＿＿＿＿＿＿＿＿＿＿＿＿＿＿＿＿＿＿＿＿＿＿＿＿＿＿＿＿＿＿

11466

台北市內湖區瑞光路 76 巷 65 號 1 樓

秀威資訊科技股份有限公司　　　收

BOD 數位出版事業部

....

（請沿線對折寄回，謝謝！）

姓　　名：_____　年齡：_____　性別：□女　□男

郵遞區號：□□□□□

地　　址：_____

聯絡電話：(日) _____ (夜) _____

E-mail：_____